俺の妹は、
不登校の残念妹だ。
桜木咲耶《さくらぎさくや》
ムリでいぶりだすとかっ！
たしはゴキかっ！」

「……つまり、こういうことか？」
俺は整理した。
桃子の意識に、未来の記憶が流れ込んできた
それは、桃子が三日後の日曜日まで体験した
《桃子自身の記憶》
その記憶が、シーンごとのチャプターリストになって
頭の中に並んでいる
それは、桃子にとって
『印象に残っている』ごく一部の記憶である
「……そうだな？」
「……うん」

さくら
七月隆文
Takafumi Nanatsuki
illust三嶋くろね
Kurone Mishima
コンタクト
{route A 小河桃子}
KL!
このラノ文庫

Contents

イラスト：三嶋くろね
デザイン：園 夢見（imagejack）

プロローグ

『妹の壁』という言葉をご存じだろうか。
「現実の妹って、ろくなもんじゃないぜ？」
という兄たち（俺含む）の実感は、妹を持たない奴らには、決して届かない。
その超えられない認識のギャップを、『妹の壁』という。
すまん、俺がさっき考えた。
だが、実際、俺の妹はそんなに可愛くない。
どころか、不登校のネトゲ廃人という、きわめて残念なクオリティだ。
まあ、それはともかく……この言葉は、いろいろとバリエーションがきく。
『お姉ちゃんの壁』
『毎朝起こしにくる幼なじみの壁』
そう──
「起きなさい、春彦《はるひこ》！」

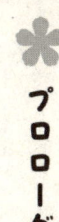

いきなりドアを開けたこいつは、小河桃子《おがわももこ》。

ふわっとしたセミロングの髪に、独特の髪飾り。くりっとした目許《めもと》とか、全体的に甘い顔立ちだけど、浮かべてる表情は真逆だ。

「春休みは終わり！　今日から高校二年生よ！　おめでとうございます！」

甘い声で、ハキハキしゃべる。

桃子《こいつ》は隣に住んでる、同い年の女の子で――

「毎朝、俺を起こしにくる、テンプレ幼なじみである」

「誰がテンプレ幼なじみよ⁉」

「心の声に割り込むなよ」

「もろにつぶやいてたでしょ‼」

などというやりとりをしつつ、俺は毎朝起こされる。

うらやましいって思うか？

それがそう、『毎朝起こしにくる幼なじみの壁』ってやつだ。

何がよくないって、自分のペースで起きられないのがきつい。

しかも、本来ならあと二十分は寝てられる時間に、だ。

きつくないか？

桃子が容赦なくカーテンを開けた。

まぶしい朝陽が差し込んでくる。

「目が、目がぁ」

「ムスカ乙」

なげやりなツッコミとともに、窓を開ける。桃子は普通の女子にしか見えないが、実はライトな隠れオタクだったりした。

「同時に、朝ドラ視聴と昼寝を欠かさないカーチャンみたいな存在だ」

「カーチャンじゃねーよ！」

開けた窓のすぐそこから、満開になった桜が見える。うちの庭に植えているのだ。

この町では、そんなに珍しいことじゃない。

俺の住んでる花蒔《はなまき》は、どこにいっても桜があって、溢《あふ》れかえっている。

そのとき、窓から一枚の花びらがひらり、と部屋に入ってきた。

いやあ、春だ。

散る時期になったら、めちゃめちゃ入ってきて窓開けられないんだけどな。

「いつまで寝てんのよ」

桃子が言う。

「だって、ねみぃんだもん」

「あたしだって眠いわよ。春だし、休み明けだし」

「だろ？　じゃあ一緒に寝ようぜ、桃子」

「え？」

俺は「こいよ」とばかりに、布団をめくる。

とたん、桃子の顔がかあああっと赤くなって、

「寝るか！　バカっ‼」

「冗談だよ」

「わかってるわよ‼」

リアクションがでかくて、いじり甲《が》斐《い》がある。

「さっさと着替えなさい！」

しょうがねぇな。

「じゃあ……ツンデレキャラっぽく起こしてくれよ」

「**べっ、べつに起きてほしくなんて……**言うかボケ‼」

いつもどおりの朝だ。

1.

さて、ここらで軽く自己紹介させてくれ。

俺は桜木《さくらぎ》春彦。

まあ「平凡な高校生」ってやつだ。

去年、親父が海外出張に行った。

カップ麺の会社に勤めてるんだが、現地の市場調査やらなんやらで、けっこう長くなるらしい。

そして『すべてにおいて夫が最優先』を公言してはばからない旦那LOVE（キモい）のお袋は、当然のごとくついていった。

だから今、この家には俺と妹の二人しかいない。

それで、幼なじみの桃子が朝から晩まで、なにかと世話してくれている。

ギャルゲみたいだって思うか？

でも、親友に指摘されるまでわからなかったぐらい三次元ってのは、うれしくないんだぜ。

妹、あんなだしな……。

「じゃあ、あたし、ごはん作るから。あんた咲耶《さくや》ちゃん起こして」

廊下に出たとき、桃子が言った。咲耶ってのは、俺の妹だ。

「……俺？」

渋面《じゅうめん》になる。

「お前がやった方が早えって」

「あんたがモタモタしたせいで、時間ないの。じゃ、よろしく」

桃子が階段を下りていく。

「…………」

俺は横を向く。

咲耶の部屋のドア。

この閉じたドアこそが、『妹の壁』の具象化だ。

「おーい、咲耶」

軽くノック。

反応なし。

「起きろー、朝だぞー」

　またノック。

　……はいはい、完全に無反応。まあ、いつものことだが。

「おーい！　メシだぞー！　起きろーっ！」

　ドアノブを回す。

　ガチャガチャッ。

「鍵まで掛けやがって……」

　俺の妹は、不登校の残念妹だ。

　何があったのか知らないが――冬ごろから急にズル休みを繰り返すようになった。

　以来、家でインターネットとゲーム三昧の日々を送っている。

　ダメ人間まっしぐら。

　困ったもんだぜ。

「……しょうがねぇな」

　俺はすぅっと息を吸い込み――

「よしわかった！　おい咲耶！　起きねーと**部屋の前でバ○サンたくからな！**」

　……ドタッ！

お、ベッドから落ちたな。

ドアの向こうから、ばたばたと慌《あわ》ただしい足音が近づいてくる。

ドアが勢いよく開いた。

「ちょ、ふ……」

ひと言でいうと『不機嫌で不摂生な西洋人形』。

やわらかい髪は膝《ひざ》のあたりまで伸び放題（寝癖つき）。睫毛《まつげ》の長い瞳が半泣きで俺を見上げている。肌が透《す》けるように白くて、頬とか唇の紅《あか》さが引き立っていた。

「ふざけんな――っ！」

「おう、起きたか」

「お、『起きたか』じゃねぇ――っ！　ｊｋｌ；：．すぞ‼」

「なに言ってっかわかんねーよ」

朝っぱらから元気のいいやつだ。

「ケムリでいぶりだすとかっ！　あたしはゴキかっ！」

「そんなもん嘘に決まってんだろ」

「なっ……はぁ⁉」

「目ぇ醒《さ》めたか？」

「び……びっくりしすぎて死ぬかと思ったわっ！」

「あたしがバ○サンにトラウマがあることを知ってのろうぜきか！」

「もちろん知っての狼藉だよ」

こいつは以前、バ○サンでパソコンをぶっ壊したことがあるのだ（↑超泣いた）。

「な……な……」

咲耶はぷるぷると震え、

「しね！」

バタンッ！

ドアが閉じた。

ノブを回そうとする直前、鍵がかけられた。

「あっ。おい、朝メシ！」

「……ちっ」

どうすっか……。

そのとき、部屋の中からイスを引きずる音が聞こえた。ドアに耳を当てると、かすかにキーボードを叩く音。

ネトゲ始めやがったな。

——よし。

「さーてと！　家のブレーカーでも落とすか‼」

『ちょ……⁉』

「今度はマジだぜ⁉　簡単だからな！」

これはマジでやる。

「俺が脱衣所に着くのと、お前のパソコンのシャットダウン、どっちが早いかな⁉」

部屋の中から、ばたばたばた！　と走ってくる音が聞こえた。

「ハハハ！　さーお兄ちゃんと競争――」

「アホか‼」

桃子の右ストレートが腹《バン》ボディに入った。

「ぐはッ……！」

膝を突いた瞬間、

「ハル‼」

開いたドアが直撃。

「へぶっ⁉」

俺は……床に這《は》いつくばった。

「あ、モモちゃん」

「おはよ」

桃子が咲耶に笑いかける。

「朝ごはんできたから、食べよ？」

「この匂い……ホットケーキ！」

「そうだぞー」

「行こ？」

「うん♪」

咲耶は、あっさりとついていく。

俺の苦労ってなんだったんだろう。床に這いながら思っていると、
ぐしっ。

咲耶に背中を踏まれた。

リアルだと、ご褒美《ほうび》じゃない。

2.

俺の住む花蒔《はなまき》は、春の町だ。

この季節になると、とにかく桜でいっぱいになる。

俺ん家《ち》の庭にだって咲くわけだ。

「あんたん家《ち》の桜、今年は早かったわねぇ」

桃子が庭の花を仰《あお》ぎながら言う。

「そうか？」

「去年より、五日も」

こっちを見て、

「ちなみに平年よりは三日早いです」

平年て。

「あいかわらずチェックしてんのな」

「ま、あたしにとって春の便りだし。あんたこそ自分ちの木なんだし、チェックしとくもんじゃないの？」

「ねーよ」

「咲耶ちゃんは？」

と、桃子は反対側に立つ咲耶に振る。

「…………………」

久しぶりの制服を着た咲耶は、うつむき、こぶしを握り、家の中とは一転、紙みたいに存在感をぺらぺらにしつつ、くしゃりとなっている。

「なにガチガチになってんだよ」

「う、うっさい……」

その声すら、消えそうな勢いだ。

ったく、大丈夫かよ……。

新学期の初日は、クラス替え発表、教室で新しいメンツと対面、グループ形成という真の重要イベントが目白押しだ。

この日を逃すと、へたすりゃ一年棒に振る——その危機感で、桃子が最終兵器（これから作るご飯は咲耶だけ永遠にピーマンづくしにすると脅《おど》した）を使って、なんとか引きずり出したのだった。

「咲耶ちゃん、昨日もネトゲしてたの？」

桃子が話しかける。

「うん……」

「……上がったし、レアな装備ゲットした」

「レベル上がった？」

「へえ！」

桃子が大げさに感心する。

「モンスターがドロップしたの？　素材集めて作ったの？」

すると――

「え、えっとねっ、作ったの。狩り場に十日通ったり、クエスト受けたり、ちょう苦労した！」

「剣？」

「鎧《よろい》！　めっちゃかわいいの！」

ネトゲのことを別人みたいな元気さで話し続ける。

「ねーねー！　モモちゃんも一緒にやろうよ⁉」

「そうだね。ちゃんと考えてみるね」

ネトゲやってないのに、そういうとこ引っ張り出してやる桃子は、なにげに偉いよな。

そして、そうしながら、いつのまにか学校に向かって歩き始めてるんだから。

まさに咲耶マイスターだ。

3.

花蒔は、観光地だ。

駅を挟んだ東西で、観光地（東）と、俺たち地元民の居住区（西）に、ぱっきり分かれている。

神社と寺がやたらたくさんあって、そして何より――桜の名所だ。

「おお、満開だな」

大通りの中央に、でっかい鳥居が建っている。

そこから延びる参道の両わきに植えられた満開の木々が、見事な桜トンネルを築いていた。

これが花蒔の観光名所のひとつ――『桜参道』だ。

同時に、俺たちの通学路でもある。

俺たちの学校は、この先の、同じく観光名所である神宮を抜けた先にある。咲耶の中学も、俺らの高校と同じ敷地内だ。

「今年は花もぎっしり詰まってて、いい感じよ」

桃子が歩きつつ言う。

「あんた、咲いてからこっち側来んの、初めて？」

「ああ。休み中は、こっち来る用事ないからな」

通り過ぎるわきには、朝早くから何人かの観光客が来ていて桜を写真に収めたりしている。

こんなふうに毎日観光地のど真ん中を通ってるわけだが、地元だしぶっちゃけ何も感じない。

だが——この季節だけは、別だ。

「………」

咲耶が花のトンネルを見上げて、顔をほころばせている。

そうだよな。

桜はテンション、上がるよな。

なんか見てるとうれしくなって、わくわくするっていうか。

元気もらえた感じになるよな。

「あ、新入生だ」

桃子が前を見て言う。横断歩道で立ち止まっている新入生の一群がいた。

「制服、きっちり着てるね。初々《ういうい》しいねぇ」

「去年、俺たち、ああだったんだな」

「だね。ねえ、クラス替えどうなるかな」

桃子が俺に振り向き、

「また一緒になると思う？」

「わりと」

というか、小学校のときから、こいつと離れたことがない。

変な縁があるっつーか……まさしく腐れ縁だ。

「だよねぇ」

桃子はそう応え、桜を楽しむように顔をほころばせる。

まあ、しかし。

やっぱ新学年ってのは、わくわくする。

学校は退屈で面倒なことが多くて。もう、あんま期待はしてないけど。

桜の道を歩きながら、クラス替えどうなってるかなって向かう今日は……

ちょっと、いい。

——だろ？　咲耶。

俺は、咲耶の頭にぽんと手を置く。

「ちょっ⁉　さわんな！」

「スキンシップだろ」

「けがれるわ！」

汚れるて。

「おーい、ハル！」

そのとき、見慣れた奴が脇から参道に入ってきた。

「よっ」

天然の白髪をさらりとなびかせた、イケメン。

こいつは、真智《まち》白兎《はくと》。

一応、俺の親友だ。

「だめだぜ、ハル。女の子に遠慮なく触っちゃ」

白い歯をきらめかせ、ウインク。いかにもなチャラ男風だが――

「ふれるときは、タッチペンで、そっとな……？」

「俺の妹は寧々《ねね》さんじゃねーよ」

二次元と三次元があやふやな、残念チャラ男だった。

「いけね、うっかり！」

そんなうっかり、普通の人間には不可能だよ。

「いやあ、昨日ずっとデートしててさ！」

「寧々さんとだな」

「あと、オンラインデスゲームの中で結婚したり！」

「アニメ観て、キモい感情移入したんだな」

「関羽《かんう》と朝までベッドで過ごしたんだ……」

「エロゲで寝落ちしたんだな」

「いやあ！　人生楽しいなあ！」

ほんと、楽しそうですね。

「あんたら、いい加減にしなさい」

桃子が言う。

「一緒にいる身にもなってよ」

「悪ぃ」

白兎が手を敬礼みたいにピッとやる。チャラい。

「真智くん、道、こっちじゃないわよね？」

「ああ、ハルを待ってたんだ」

「俺？」

「クラス替えの掲示、一緒に見たいって思ってさ」

「キモっ！」

「キモくねーよ！」

微妙に凹《へこ》んだ顔をした。

「も、もちろんお前だけじゃねーし？　小河とも、また一緒になればいいんじゃねって」

「……えっ……」

「そのマジで引いた反応やめて！」

こいつはとことん、そういう扱いなのだった。

「大丈夫だよ、オレ、三次元に興味ねーし！　だから咲耶ちゃんだって――」

そこで急に真面目な顔になり、

「…………『友達の妹』は、二・五次元のカテゴリーに入るのか？」

妹を声優と同じカテゴリーに入れた。

「モ、モモちゃん……」

「ちょっと！　咲耶ちゃん怯《おび》えてるでしょ！」

「冗談だって」

「お前が言うと聞こえねーよ」

「いやいや、マジで。だってオレは、二次元《イデア》を愛する男だし」

「いい顔で言うな」

「旅人でもある」

「たしかに三ヶ月《ワンクール》単位三ヶ月単位で移動するな」

「けど、お前だってそうだろ？　女と付き合うとか、ねーだろ？」

「…………」

「それっぽいこと、言ってたじゃん」

「ああ……」

言ったような気がする。

「な！　な⁉」

白兎が仲間をみつけた感じで笑う。

たしかに、前に言った。

……けど、今はちょっと違う。

4.

「おー、やってるやってる」

桃子が弾んだ声でつぶやく。

神宮の境内に、長い長い行列ができていた。

全員、うちの中学・高校の生徒だ。

「三列に並んで下さーい！」

「列を乱さないで下さーい！」

中高の生徒会が総動員で列整理をし、大賑わいになっている。

これが、うち——佐保姫《さほひめ》学園の、春の恒例行事。

目的はあの、樹齢千年を超えるっていう桜の巨木だ。

黒い幹をどっしり伸ばし、それ自体が細い花のように広がったたくさんの枝には——とっくに咲いているべき花が、一輪もない。

「ここで靴を脱いで下さい」

列の先頭まで来た新入生の女子たちが、いそいそと靴を脱ぐ。

そして、根元の土を踏み固めないよう藁《わら》が敷かれた樹のそばへ近づいていく。

女子たちはちょっと真剣な面持《おもも》ちで、樹に向かって手のひらを伸ばし……押し当て……がっかりした苦笑いになる。

それから、係員の誘導で後ろに流され、靴を履き、学校に向かって歩いて行く。

「咲かなかったねー」

「ウケる」

……うちの学校には、恋の伝説というものがある。

『新学年の初日、《佐保姫様》を咲かせられた生徒には、必ず素敵な恋人ができる』

佐保姫様っていうのは、あの桜の古木のこと。

純白の花が咲くとか、青く染まるとか、色んなことが言われてる神木だ。

けど、不思議なことに、めったに咲かない。

地元で育った俺も見たことがなく、親父たちの世代でやっと一回ある程度だ。

伝説は、そういう所から生まれた——遠い先輩たちの残したうわさ話だと思う。

でもまあ『恋のおまじない』を試す人は、少なからず出るわけで。

この桜の神秘的な感じと、さわるだけという気軽さで、年を追うごと試す生徒は増えていき……とうとう、生徒会が総動員される一大イベントになってしまった。

「最後尾こちらでーす！」

「はいそこ！　まわりの物にさわらないで！」

生徒会の訓練された仕切りで、さくさく列が進んでいく。

遅刻者を出さないことが、学校と神宮関係者に対するイベント開催の条件になっている。

人が増えすぎて規制が検討されたとき、生徒会が許可をめぐって戦った歴史があるらしく、この桜イベントは生徒会にとって、伝統なのだ。

列には女子だけでなく、男子もけっこう並んでたりする。

「並んじまったなw」

「まあまあ、とりあえずw」

面白半分の体だが、わりと本気だと思う。

「バカだな、あいつら」

白兎がシニカルに笑う。

「エロゲやればいいのに」

バカはお前だ。

「んじゃ、オレらは行こうぜ」

白兎が行列をスルーしようとして、止まる。

「…………」

桃子が、行列をじっとみつめていた。

「あ、小河やりたい？」

「！」

「いいぜ別に？　な？」

「……え、えっと……」

桃子は少し躊躇《ためら》い、俺を見てきた。

「春彦はやっぱり、やんないのよね？」

「…………」

たしかに俺は、一回もやったことがない。

並ぶのが面倒だし「そういうのいいよ」って思ってた。

けど――

「……やってみるか」

「……マジで？」

白兎が目を見開き、

「二次元と結婚するって、誓い合ったじゃん！」

「誓い合ってねーよ」

……ったく。

「こういう奴がいるから他のオタクが迷惑するんだ。戦車に轢《ひ》かれればいいのに」

「出た！《ハルツイート》ッ‼」

白兎が中二っぽくのけぞる。

「心の声をそのままつぶやく春彦の恣意的《しいてき》なクセは、他人のハートを軽くえぐる程度の能力ッ！」

「……何？　あんた、彼女ほしいの？」

桃子が、なぜか軽蔑《けいべつ》のまなざしで見てくる。

「そうだな……ちょっと」

「ちょっとってなによ」

「ハル、キモい」

咲耶まで白い目だ。

「キモくねーよ」


ほんとに、なんとなくだ。

なんとなく……そろそろ恋とか。

そういうのがあってもいいかな、って気になったんだ。

「一回くらい、やってもいいじゃん？」

「いいけどよ……」

白兎は、こいつらしい切り替えを見せ、

「んじゃ、並ぶか？」

「おう」

「……ま、やってみればいいんじゃない？　どうせ咲かないだろうけど」

桃子が、米国っぽく肩をすくめる。

「桃子、来ねえの？」

「い、行くわよっ！」


チャイムが近いから、列もだいぶ短くなっていた。

桜は一回咲いたらそれまでだから、当然、最初に咲かせたもん勝ちってことになる。

だから、気合い入ってる奴は、夜明け前から来るらしい。

けど、桜は今年も咲いてないのだった。

「ほんとに咲くのかな？」

「案外、もう枯れてんじゃね？」

俺と白兎が話してると、

「それ、並んでる人が絶対一回は言う『あるある』トークだからね」

桃子が言った。

そんなことを話してるうち、いよいよ先頭に近づいてきた。

「ここで靴を脱いで下さい」

生徒会役員が、流れ作業的に言ってくる。

「へいへいっと。——じゃ、オレから行くな？」

白兎はそう言ってひょいひょいと樹に歩み寄り、超テキトーな感じでタッチ。

「だめでしたーっと＊」

こいつ、マジで三次元捨ててんだな。

「次、お前行けよ」

「あ、あたし？」

「まあ、レディーファーストな感じで」

「……いいけど。行こ、咲耶ちゃん」

「うん」

桃子と咲耶が、樹の前に立った。

桃子が、ちらっと振り向いてくる。

なんだ？　咲かせるから見てなさいよってことか？

桃子はひとつ深呼吸して、えいやっ、とばかりにタッチした。

花は——咲かなかった。

桃子がちょっと、複雑な顔をした。

「ざまあｗ」

「うるさいっ！」

や、茶化すことでフォロー入れたつもりなんだぜ？

次に、咲耶が試した。

元々やる気がないらしく、軽くタッチして終了、という感じだった。

さて——……俺の番だ。

「はい、急いで！　時間ないからっ！」

「うおっ⁉」

役員に追い立てられて靴を脱ぎ、小走りで樹の前に行く。

「早くしてください！」

うわ、情緒ねえ。

「さっさとしろよ」

「どうせ咲かないんだから」

白兎と桃子がニヤニヤしている。てめえら。

樹の前に立った。

間近で見ると、これが桜かって思うくらい幹が太い。樹のにおいが強くて、なんだか生命力を感じる。

仰ぐと、枝の広がりが天を覆うばかりで……花が咲いたらすげーだろうなって思った。

――咲いてくれるとうれしいけど。

ま、俺には無理か……。

「急いで！」

「はいはい」

テンションだだ下がりで、俺は手を伸ばし……

桜に、ふれた。


光の爆発。

でもそれは目をつむるほど強烈な光じゃなくて、圧倒的に膨大な……やさしい光だった。

天に広がる桜の枝に、まるでしゅわあああっと炭酸が泡立つように、白い花が咲いていく。

ほとばしる。

それはあまりに唐突に起こった非日常の光景で——俺は。

俺たちは、ただぽかん、と見ていることしかできなかった。

桜が咲いた。

恋の伝説の桜《佐保姫様》が、俺がふれたとたん、いきなり奇跡的に咲いた。

目も眩むような驚きの中……

「…………マジかよ」

という、白兎のつぶやきがぼんやり聞こえた。

一章　隣の桃子が死んだ

1.

「「「「きた――――――っ！！！！」」」」」

俺が教室に入った瞬間、大騒ぎになった。

あっというまに囲まれる。

「マジで⁉　あれ、マジでお前がやったの⁉」

指さす窓の外に――満開になった桜の樹が見えた。

「……みんな、知ってんだ？」

「メールで回しといた☆」

白兎が親指を立てた。

「つーか、こっから見てたけど、やばくね⁉」

「ぶわーって一気に咲いたじゃん！」

「そうそう！　普通じゃねーよ！」

「テレビ来るんじゃね⁉」

「夕方のニュースか！」

「やべえ！　慎太郎《しんたろう》の息子来る！」

「良純来ちゃう‼」

顔なじみの野郎たちが、ハイテンションで騒ぐ。

「伝説、ほんとだったんだ！」

女子も、超盛り上がっていた。

「桜木《さくらぎ》くんに、近いうち素敵な恋人が！」

「ラブ運、激高？」

「激高ｗ」

「マジうらやましい！」

「ちょっ、桜木、さわらせて！」

「へっ？」

山田《やまだ》さんが肩に手を置いてきた。

「御利益《ごりやく》あるかも……」

「あっ、私も触る！」

「あたしも、あたしも！」

「ええっ⁉」

あっという間に囲まれた。

ぺた、ぺた、ぺた。

普段めったに話さない女子たちに、体じゅう手のひらをくっつけられる。

「……桜木くん……わ、わたしもいいかな？」

あの、おとなしい藤枝《ふじえだ》さんまで！

女子に、こんな至近距離で囲まれるなんて、初めてだった。

シャンプーとか香水とか、いろんな甘い匂いがして、女だってわかる手の感触が、俺の胸から背中までを圧迫していて……

かなり、どきどきしてしまう。

「へー、けっこう腕、筋肉あるじゃん☆」

「そ……そうか？」

正直……悪くない。


「「「うおおおおおおおおおおおおっ‼」」」

男子たちが異常に盛り上がる。

「これ、御利益なんじゃね⁉」

「てめぇ、うらやま——けしからん‼」

男子どもが、ギラギラした目で押し寄せてくる。

「うおっ⁉」

女子たちが慌ててどいたあと、入れ替わりに囲んできた。

「俺たちにも御利益よこせ！！！！」

地獄の餓鬼《がき》のごとく、手のひらを押しつけてきた。

うわあああ……！　男のごつい手、いやだあぁぁああ……‼

「なんで桜木なんだよ⁉」

「そうだそうだ！」

「お前には、小河《おがわ》がいるだろ⁉」

「——えっ⁉」

桃子《ももこ》がびくっと跳ねる。

「二股かける気か‼」

「二股ってなんだよ⁉　桃子とはそんなんじゃねーって言ってっだろ！」

「そっ……そうよ！」

桃子が続く。

「春彦《はるひこ》となんて、あり得ないわよ！」

「そうだ！　言ってやれ！」

「春彦はね！　**小三のお盆休み、キャンプ行った帰りの車で、サービスエリアまで我慢できず、ペットボトルにオシッコしたんだからね！」**

「お前何言ってんの⁉」

「あと、中二のとき、ケータイエロサイトの架空請求にビビって『友達がさぁ……』って体《てい》で、半泣きで相談してきたんだから！」

「やめろ桃子オオオォォォォォォォォ‼」

「あれは、バレバレだった！」

「バレバレだったあ――――――――――っ‼」

俺はブリッジした。

「それから最近、夜中にネットラジオ聴いてるっぽく、たまにアニメの歌とか歌いだすのよ！」

「やめてえええええええええええ‼」

ブリッジしたまま叫ぶ。

「あれ、あたしの部屋まで聞こえてるから！」

「いやああああああああああああああ‼」

「さらに――」

「……小河、わかった」

男子が、桃子を止めた。

「もう、勘弁してやってくれ……」

仰向《あおむ》けで力尽《つ》きた俺を、そっと同情の目で見下ろす。

幼なじみの壁……みんな、わかってくれたかな?

2.

それから、新しい担任の挨拶と、全校集会と、おまけみたいなHRがあった。

校長がスピーチで佐保姫様が咲いたことにふれた瞬間、クラスメイトがいっせいに俺を見た。

そのただならない雰囲気に、知らない連中も反応し、体育館がざわついた。

先生が注意して収まったけど、なんつーか……心臓が変な動き、した。

ああいう注目のされ方は、ほんと、やだ。

なんだかんだで、平凡が一番なんだって思った。

そうか。やれやれ系主人公って、こんな気持ちなんだ。


というわけで、あっというまに放課後だ。

「これから、どうする?」

「マック行く?」

「おー行くべ」

　さっそく作られたグループが教室を出ていく。

「…………」

　……やばい。

　いつもなら俺だって、ぼんやり所属グループが決まってるはずなのに。

　桜の騒ぎのせいで、終始、浮いた形になってしまった。

　一部からは、いわれのない妬《ねた》みのまなざしを受けたりして……

　ああもう。

「何、せつない顔してんのよ」

　桃子が来た。

「俺、今日からネトゲ始めようかな……」

「ちょっ――」

「冗談だよ」

「もう」

　それから桃子は、ふと思い出したように、

「ああそうだ、パパとママが『たまには店に顔出しなさい』って言ってたわよ」

「あー……そういやしばらく行ってないか」

「あたし今から、手伝いに行くけど」

「じゃあ……行くか」

そういうことになった。


神宮は、けっこうな騒ぎになっていた。

朝に詰めていた、うちの生徒の代わりに、観光客がどっと押し寄せている。

もちろん、咲いた佐保姫様のせいだ。

「改めて見ると、すごいわよね」

「ああ」

俺と桃子は、改めて佐保姫様を仰ぐ。

でかい古木が満開になったさまは、壮観《そうかん》のひと言に尽きる。

しかも、純白の桜ってのがインパクト抜群だ。

「桜って元々白っぽいじゃん」って思うかもだが、いざ真っ白になってみると全然違った。

「すごい、綺麗ね……」

桃子が言うとおり、みんな、ほぅ……とため息をつくように見とれている。

スマホやカメラもたくさん向けられていて、テレビ取材もさっそく来ていた。

観光地なので普段からたまにロケは見かけるが、今日は人数とか機材が明らかに違う。

「あんたが咲かせたって教えたら、インタビュー受けられるんじゃない？」

「やめてくれ」

「けどほんと、なんで咲いたんだろうね」

「さあな」

「なんか、変わった感じ、ある？」

「……まわりの反応かな」

「あー」

「今んとこ、ろくなことがないな」

「あったじゃない」

「え？」

「みんなに囲まれて、触ってもらったじゃない。あれが伝説の効果だったのよ」

桃子は覗き込むように上目遣《うわめづか》いをして、にこっと笑う。

「あれで終了。残念でした♡」

なんでそんな、うれしそうに言うんだよ。

「これから、めっちゃモテるっつーの」

「はいはい」

3.

桜参道のひとつ隣に『姫小路《ひめこうじ》』という道が平行している。

ここは各種お店がずらっと並ぶ、観光のメインストリートだ。

お洒落《しゃれ》めな食い物屋とか、土産屋とか……まあ、この手の場所はどこもたいてい似たようなもんだと思う。

そこからちょっと脇に入ったところに、桃子の両親がやっているカフェがあった。

「おお桃子！　我が愛《いと》しの娘！」

フランスのカフェみたいな格好をしたオッサンが、暑苦しく両手を広げる。

「パパと、おかえりのハグしよう‼」

キモいデレ顔で迫ってくる父を、桃子が達人のごときクールさでかわした。

「なぜだい桃子⁉」

「キモい」

オッサンが、ガーンとなる。

「………パパは………桃子のパパなのに………」

がっくり膝を突き、

「…………『わたしのかぞく　2ねん1くみ　おがわももこ』」

いつものごとく、娘の小学校時代の日記を暗唱し始めた。

「『わたしのパパは、カフェのてんちょうをしています。（中略）かっこいいパパが、わたしはだいすきです』」

中略まで口で言ったあと、オッサンはもう一度――

「……だいすき……、です……」

「…………キモい」

桃子がひんやりした目でため息をつく。ほぼ毎度のやりとりだ。

学校では八方美人な桃子も、父に対してはこんな感じだった。溺愛《できあい》の父と、年頃の娘というか。まあでも、店を手伝ってたり、けっして仲は悪くない。

「ちなみに、キモいのは同意だ」

「てめぇ聞こえてんぞ⁉」

おっさんが、ガバッと起き上がった。

「チッ……んだよ、春彦じゃねーか」

「ども」

「何しに来たんだ？」

一転して、やさぐれたオッサンになる。

「さては桃子の後《あと》をつけてきたのか」

「つけてねーよ」

「桃子の色香《いろか》に惑《まど》わされて、後をつけてきたのか」

「冷静に状況見ろよ」

「お前みたいなストーカーに桃子はやらん‼」

「そっちが『たまには顔出せ』的なこと言ってたって聞いたから、来てやったんだろ」

「ハァ？　言うわけねーだろ、んなこと」

オッサンが憎たらしい顔をする。

「なんで好きこのんで、てめーみたいなクソガキのツラ、見なきゃいけねーんだよ」

「そっすか。じゃあ帰――」

「でもまあ来ちまったもんはしょうがねぇ。**昼飯でも食っていきやがれ！**」

「……は？」

「何やってんだ、カウンター座れよ」

「あ、ああ……」

このオッサンの言うことは、いつも滅茶苦茶だ。

「じゃ、あたし着替えてくるね」

桃子がなぜか苦笑しつつ、奥に消えた。

カフェ『小河屋』は、古い民家を改築した店だ。

一応、観光客向けなのだが、良心的な価格と居心地の良さで地元の常連もついている。

俺が物心つく前からやっていて、ガキの頃はよく、桃子と遊びに来ていた。

「いらっしゃい、ハルくん」

カウンター越しのキッチンから、おばさんが声をかけてきた。

「あ、ども」

「今年も、桃子と同じクラスになった？」

「ええ、まあ」

「やっぱり」

まさしく「鈴を転がした」というふうに、くすくす笑う。

桃子のお母さんは美人で品がある。そして、びっくりするぐらい若い。

ガキの頃から全然変わらないと思って昔の写真を見たら、むしろ今の方が若返っていた。

「ハルくん、アイスコーヒーでいい？」

「ああ、いや……」

「雛子《ひなこ》、こんな奴に気を遣う必要はねぇ」

オッサンが絡《から》んでくる。

「小河屋の、豆の原価率をぎりぎりまで上げたこだわりコーヒーは、春彦なんぞにはもったいねぇ」

「水でいいです」

「てめぇ、うちのコーヒー飲みたくねえのかよ⁉」

「なんでキレてんだよ⁉」

「達哉《たつや》さんったら。久しぶりにハルくんが来て、うれしいのね」

「うれしくねーよ！」

「はいはい」

おばさんには、ときどき、桃子の面影が出る。

まあ、母親だからこっちが元祖なんだけれども。

「ハルくん、どれにする？」

俺は、ランチのメニューを見て――

「じゃあ、アーリオ・オーリオのパスタを」

アーリオ・オーリオってのは、イタリア語で、にんにく・油の意味。

ようするに、ペペロンチーノみたいな類《たぐい》。ずっと前に、おばさんから教えてもらった。

「しぃ」

イタリア語の「ｓｉ」と思われることを超日本語で言って、フライパンを火にかける。

「桃子に、にんにく臭い息を吹きかけてーのか。何フェチだてめぇ」

オッサンの戯《ざ》れ言《ごと》は無視する。

店は、まだ十一時にもなってないから、ガラガラだ。

いるのは、数人の常連客っぽい面々。

ノーパソで仕事してるらしき私服の人と、おばあさんと、赤ちゃん連れのママ二人組。

「ピークはそれなりに忙しいんだからな」

「わかってるよ」

特に四月は、花蒔最大のシーズンだから、桃子が手伝ってるわけだ。

「ところで春彦よ」

「なんスか」

「メイド服は好きか？」

……？

「……どっちでもないけど」

アキバ系をたしなむ身としては、もはやベタすぎかなという感じがする。

「オレは大好きだ」

オッサンが言った。

「こないだテレビで見たんだよ、メイドさん。あれ、いいな」

今さらなのか……。

「だから、桃子に着せたいんだ」

「……は？」

「通販で買ってな、更衣室の見えるとこに置いてるんだが……ぜんぜん着てくれないんだ」

真剣な顔で、

「桃子がメイド服、着てくれないんだ」

「……オッサン……」

「オッサンじゃねぇ。だって、着てほしいじゃねーか！　ふわふわのミニスカで、鎖骨《さこつ》とか見えてるやつ！」

「しかもそっち系かよ！」

「お前、桃子がそんな服着てなあ！『お帰りなさいませ、ご主人様』とか言ってくれたら、もう……もうッ！　パパ感激だよ桃子おぉぉぉぉお――――っ！！」

「客、見てるぞ」

こんなんだから娘にもキモがられることを、なぜ理解しないのか。

「お待たせ、ハルくん」

おばさんが、カウンター越しに料理を出してきた。

「あ、ども」

「ところでいいんスか、このオッサン」

「そうねぇ」

おばさんが、とても味わい深い微笑みを浮かべた。

こんな綺麗な人が、なんでこのオッサンと結婚したんだろう。

「でだ、春彦」

ずい、と詰め寄ってきた。

「桃子が出てきたとき、さりげなく『俺、メイド服って大好きだなー！』って言ってくんねーか？」

「……なんで？」

「いいから言えよクソガキ」

「やだよオッサン」

「オッサンじゃねぇ。ヤング達哉だ。ヤング達哉・なうだ」

「古いもんくっつけていくなよ」

「チッ……まあいい。ほら、冷めないうち食えよ」

「え？　ああ――いただきます」

油で光るパスタを口に入れた。

……美味い。

ただ美味いだけじゃなく個性のある味っていうか……。ファミレスとかじゃけっして食えない種類の味。品があるけど親しみやすいっていう、おばさんの人柄そのままの感じだ。

これで七百円（ドリンク＋二百円）なんだから、すごい安いと思う。

「うめぇだろ」

「うん」

「九百円な」

「——ッ⁉」

「タダなんて言った覚えはないぜ？」

「汚ねぇぞ⁉」

「なんとでも言え。**娘にメイド服を着せるためなら、オレはなんでもやる**」

「なんて恥ずかしい大人なんだ」

「さあ、どうする？」

伝票を目の前でピラピラさせる。

マジだ。オッサン。

「…………わかったよ」

…………九百円は正直、痛いな。

ほどなく、着替え終わった桃子が出てきた。

オッサンが、目で合図してくる。

「……えー………メイド服って、いいなー」

桃子が「は？」という顔で振り向いてきた。

「俺、メイド服、大好きだな！」

桃子が、ため息をついてフロアに出てきた。

「ばっかじゃないの」

俺の食器をひょいひょい下げていく。

「どーせパパに言われたんでしょ？」

あっさりお見通しなのだった。

「いや……違うって」

「あんた、メイド萌えじゃないでしょ」

「や、嫌いでも……ねーぞ？」

「着ないから」

桃子が、断固たる表情で言う。

「ぜったい、着ないからね」


三十分後。

「違うんだからね」

　桃子が、何も聞いてないのに言う。

「これは好奇心っていうか。毎日見てたら『一回くらい着てみよっかなー？』ってなるわけで。女の子って、そういうものよ」

「はぁ」

「とにかく違うから！」

「何がだよ」

「……で、着てみたわけだけど。どう？　おかしくない？」

　言いながら、スカートの裾《すそ》をつまんだり、ふらふら腰を揺らしたりする。

「うん、おかしくない」

「……それで？」

「それでって？」

　なんで睨《にら》むんだよ。

「……まあ、いいんじゃねぇの？」

　実際、悪くなかった。

　いつもより、なんか特別に見える。なんだかんだで、メイド服は鉄板なんだろうな。

「そ、そう？　ふーん」

　桃子は髪をさわって、ふいに表情を崩した。

「えへへ」

「てめえッ‼」

「ぐえっ⁉」

オッサンが首を絞めてきた。

「桃子がメイド服着たじゃねーか‼」

「だからなんだよ⁉　着てほしかったんだろ⁉」

「うるせえ！　お前が！　お前なんか……っ‼」

「意味がわか……く、苦し、」

「ちょっとパパ、やめてよ！」

「……パパじゃ、イヤだ」

「は？」

「『ご主人様』って呼んでくれなきゃ、やだ」

「…………キモ」

オッサンは、しょんぼり丸くなった。

常連客が、こっちを見て苦笑している。

ノーパソで仕事してる人と、おばあさんと、赤ちゃん連れのママ二人組。

「すいません、お水もらえるかしら？」

「あ、はーい」

おばあさんに呼ばれて、桃子がテーブルに行く。

桃子が水をつぐと、おばあさんが親しげに話しかけた。

どうも、水はきっかけ作りで、単に会話がしたいっぽい。桃子も愛想よく応じている。

しばらくして、戻ってきた。

「あの人、常連？」

「そ。なずな屋のおばあさんよ」

「なずな屋？」

「参道沿いに、行列できるおそば屋さんあるでしょ」

「……！　あそこの」

「あっちの男の人は、プログラマーだって」

ノーパソやってる、全身黒の細い人。作家と思ってた。

「プログラマーって、こういうとこで仕事すんの？」

「自分で会社作ったんだって。すごいよねー」

「へぇ……」

「つか、みんなと話してんだな」

「常連さんとは、ちょっとずつね」

カランカラン、とドアベルが鳴る。

「いらっしゃいませー。二名様ですか？」

「……あ……ここ、メイド喫茶ってやつ？」

「い、いえ、今日はちょっと特別というか……。ご案内します。こちらです」

「おぉ……メイド服で働く桃子は、天使だな……」

オッサンが、働く桃子をうっとり眺めている。

「……えへへ…………えへへ……」

きめぇ。

「ときに春彦よ、聞いたぜ。佐保姫様、オメェが咲かせたんだってな？」

「……まあ」

「桃子はやらんぞ」

「なんの話だよ……」

「お前なんぞに、桃子はもったいねぇ。――ま、伝説とやらのパワーをもってしても、貴様ごときが女子にモテることなど、まずないだろうがな！」

「いい年したオッサンほどじゃねーよ」

「こないだ、女子大生とメアド交換したもんね」

「えっ、マジ？」

「おうよ！　先週、居酒屋で――」

「……………たっくん？」

ひんやりと、雪原の風が吹いてきた。

それはおばさんの声で、振り向くと、いつもどおりの微笑みなのに――怖い。

「たっくん」

「は、はひッ」

オッサンがびくっと震える。

「その話…………詳しく聞かせてくれる？」

「い、いやっ、違うんだ雛子！　オレは何もやましいことは――」


メキィッ！

おばさんの握るフライパンの柄が、悲鳴を上げた。

4.

「ほんとにあれは、たまたまなんだからね」

帰り道、桃子はそればっかり言っていた。

「メイド服があったら、一回ぐらい着るわよ、普通。女の子なら」

「わかったって……」

俺たちは今、夕飯の食材を買いに、スーパーに向かっている。

朝だけでなく、夕飯も桃子が作ってくれていた。なので、親から送られてくる食費の三分の二を、桃子に預けている。

駅の地下トンネルを抜けて反対側に出れば、そこは普通の冴えない町だ。

外の人間からすりゃ「すごいギャップ」らしいが、地元で育った俺としちゃ、どっちも同じく古くさくてぱっとしてないと思う。

「何か食べたいの、ある?」

「そうだなぁ……唐揚げ」

「好きねぇ」

「みんな好きだろ」

「野菜もとらなきゃね。何が安いかなー……」

桃子がスマホの『地元チラシアプリ』を立ち上げた。

いつまで経っても慣れない手つきで液晶を擦《こす》る。

こいつはメカ音痴なので、スマホをまったく使いこなせていない。入れてるアプリも、占いと地元チラシの二つだけで、それすら俺が入れてやった。

なんか俺がスマホに替えてすぐ、同じのにしてきたんだよな。

変えた日に「お前、何そのガラケｗｗ」とかいじったせいだと思う。悪いことをした。

「あ、安い。レタスも水菜も七十八円かぁ。迷うなー」

ほくほく顔でつぶやく。

スマホを使いながら、こんなに所帯じみたオーラを出せるって、逆にすげえ。

なんつーか……。

「お前って、**家のにおいがするな**」

「家のにおい!?」

叩かれた。

「いや、めっちゃいい意味。家庭的ってこと」

「……ったく」

桃子がチラシのチェックを再開する。

「‼　大変だわっ！」

いきなり引き返す。

「ど、どうした？」

「ローザで、ムネ肉の特売やってるのよ！」

「……は？」

「行かなきゃ！」

「いや、待て。四鉄《してつ》ローザって、めっさ遠いじゃん」

「でも安いのよ！」

「どれぐらいだよ」

桃子は、宝の地図のごとき勢いでスマホを見せてくる。

「グラム三十八円よ！」

「ＳＡＮＧＡは、いくらなんだ？」

ＳＡＮＧＡは、いま俺たちが向かってる近い方のスーパーだ。

「四十五円ね」

「………たった七円差？」

「なに言ってんの！　あんた五百グラムは食べるでしょ⁉　あたしと咲耶《さくや》ちゃんの分を合わせて、一キロは買うんだから！　つまり……」

びしっ！　と指さす。

「七十円差よ‼」

……………………。

「急ぎましょ。売り切れるかも」

「待て。待てって。ローザまで、倍の距離あるだろ？　いいじゃん、七十円くらい」

「よくない！　だって、ローザの方が安いのよ？」

「でも、ＳＡＮＧＡの方が近いじゃん」

「たしかにＳＡＮＧＡは近いわ。グラム四十五円も、がんばってる方。でも、ローザが三十八円であると知ってしまった以上――ローザで買うしかないのよ」

「いやいや、待って下さいよ桃子さん」

俺はなだめる。

「たかが七十円じゃないスか。それに、払うのだって俺んちの金――」

「そういう問題じゃないのよ‼」

どういう問題なんだよ……。

結局、ローザまで行かされた。

5.

「あーもう運営しね！」

咲耶が荒ぶっている。

「なにあのクソアップデート⁉　ちょうありえない‼」

「食事中に大声出すな」

「うっさい！　あんたにあたしの気持ちがわかってたまるかっ！」

「大変ねぇ」

桃子は優しく共感する。こいつも、三十八円のムネ肉が売り切れていた件についてずっとぶつくさ言っていたのだが、メシ食ったら忘れたっぽかった。

「べつにデータが消えたわけじゃないんだろ？　いいかげん切り替えて――」

「遊びじゃねーんだ‼」

いや、遊びだろ。

「……この件に関しては、あたしも動く……」

ぐぬぬと箸《はし》を握る。

「咲耶ちゃん、おかわりは？」

「ん、一口だけ」

素《す》になって、桃子に茶碗を出す。

最後の唐揚げを、ごはんと一緒に、もきゅもきゅ食べ――

「ごちそうさまっ」

「食器下げろ」

「…………」

咲耶は不器用な手つきで食器をまとめ、シンクに下げた。

「ごちそうさまっ」

咲耶は部屋を出て「サラマンダーよりはやーい」と言いながら二階に上っていった。

「やれやれだな」

「おかわりは？」

「いや、いい。ごっそさん」

俺は自分の食器を下げ、洗い物をすべくスポンジを持つ。

「あっ。あたし洗うから」

「いいって。たまには俺がやらないとな」

「でも……」

「いつもやってもらってたんだし、任せろ」

桃子はちょっと笑顔になって、

「じゃあ、あたしはテーブル片付けるね」

「おう」

というわけで、二人で片付けた。

そのあと、いつもどおりソファに並んで座って、テレビのバラエティを観る。

「…………ふぁ」

「眠いか？」

「んー、ちょっと」

「疲れてんだろ」

「かも」

そりゃそうだと思う。

うちの世話と、店の手伝い。春休みが終わって、久しぶりの学校生活が加わったからな。

「……桃子。こっちのメシとか、作んなくていいぞ」

「え？　……なに言ってんのよ、あんた料理とかできないじゃない」

「夜食作ってるし」

「ラーメンとチャーハンでしょ」

「そうだけど、なんとかなるって。朝なんか、食パン焼きゃいいんだし」

「…………」

「桃子が作ってるのも見てるし、けっこうやれると思うんだけど」

「ダメよ、そんなの」

「何がダメなんだよ？　そりゃ、お前ほどうまくは作れないかもだけど——」

「あたしが、おばさんに頼まれたんだから」

「毎日、二食作れとは言われてねーだろ」

「大丈夫よ、昼寝してるし」

「たしかにお前は、学校でも食後は必ず昼寝するけど。カーチャンっぽいけど」

「カーチャン言うな！　とにかく、だから、ぜんぜん疲れてないし」

「さっき疲れたっつってたじゃん」

「言ってない」

「あくびだって、たまたまよ」

桃子が、断固たる表情で言う。

「あたし、ぜんぜん眠くないし」


「…………すぴー」

ガッツリ寝やがった。

「………」

起こすかどうか、迷いどころだ。

このまま寝かせてやりたい気もするし、帰ってちゃんと寝た方がいい気もする。

「……ふにゅうー……」

そのとき、桃子の体がこっちに傾いてきた。

……ぽふ。

俺の、肩に。

——おいおい……。

「……しゅるるぅ……」

なんだよ、しゅるるぅって。

押しつけられる頭の硬い感触、二の腕のやわらかい感触。

さらさらの髪とシャツのすき間から立ちこめる、甘い桃の匂い。

嗅ぎ慣れた、こいつの匂いだ。

「……すぴゅう……」

気持ちよさそうに寝やがって。

動けねぇじゃねーか。

「…………」

…………。

「…………いやいや」

ずっとこのままってわけには。

しょうがねぇ。

俺は慎重《しんちょう》に体の向きを変え、桃子の頭と肩を抱きかかえる。ソファ《ここ》で寝かせよう。

腕で支えながら、ソファに倒していく。

ゆっくり、ゆっくり。

「…………ん、」

あ、起きやがった。

「――っ!?」

それは、本当に唐突なことだった。

驚いた桃子が反射的に起き上がる。

ちゅっ。

最初に感じたのは、薄くてやわらかなものの裏にある、前歯の感触。

そのあとに、ぱっと広がった――

乾いた唇の、ふにゅうとした、喩《たと》えようもない……やわらかな味。

「――……」

ほんの一秒にも満たない瞬間が、脳に強烈に焼きつけられた。

俺たちは、反発する磁石のように離れた。

「………」

桃子は、腰が砕けたようにソファに沈む。

静寂の巨大な塊が押し寄せてきそうだ。

やばい。

「いっ、今の」

俺は、無理やりこじ開けた。

「違うからな！　俺はお前を――その、お前が寝て、もたれてきたから、こう、寝かせてやろうとだな！」

「………」

「とにかく、事故だ！」

頬を赤く染め、桃子が目を逸《そ》らす。

「……わかってる」

「…………」

桃子が、無意識っぽく口許を押さえた。

「……ノ、ノーカン。ノーカンだから。心配すんな」

こんなんがファーストキスってのは、ちょっと、あれだよな?

「あんなの、キスしたうちに入んねえって」

こっちを見て、また目を逸らした。

「……あ、当たり前でしょ」

それから、いきなり――

「バカっ!!」

「ええっ!?」

「あーもうやだやだ!　超やだ!!」

ティッシュを取って、唇をゴシゴシぬぐう。

「あたし帰る!!」

桃子は立ち上がり、乱暴な足取りで出ていった。

「…………」

……まあ、長いこと幼なじみやってりゃ、こういうことも起こる。

そう思うことにした。

6.

着信で目が覚めた。

ケータイの着信とかメールだと、ほんとびっくりするぐらい一瞬で目が覚めるよな。

桃子からだった。

「……どうした？」

『……起きた？』

その声が、明らかにいつもと違って。

「どうした」

『熱……』

「風邪か？」

『たぶん』

『三十八《はち》度《ど》七分……』

「大丈夫か」

『うん、へいき……。でも、学校はちょっと……』

「ああ。……ひとりか？」

『うん。冷えペタ張って寝てる』

「そうか。――ありがとな」

桃子のモーニングコールに対してだ。

熱で来れない代わりに、電話で起こしてきたのだ。

べつにこれが初めてじゃない。

それに、毎朝起こしにくる以前から、修学旅行とかの朝には必ず電話かメールを入れてきた。

まあ、それが正直うざかったりして……中学のときはケンカにもなった。

そこから得た教訓として、俺はとりあえず礼を言うようにしている。

まあ、長い付き合いなわけだ。

『朝ごはん作れなくて、ごめんね……』

「いいから寝てろ」

病気のときの桃子は、妙に可愛げがある。

「やっぱ疲れてんだよ、お前」

『……すぐなおる』

やれやれ。

「切るぞ？」

『うん……咲耶ちゃんに伝えといてね』
「わかってる。じゃあな」
『うん……いってらっしゃい』
――。
スマホの液晶を、擦る。
昨日あった『事故』のぎこちなさは、俺にも桃子にも、なかった。
そんなの、いつまでも引きずるような仲じゃない。
これまでもあった、ちょっとした事件のひとつ――そんなふうに処理を終えている。
しゃべりだしたとき、ほんの一瞬で確認し合っていた。
長い付き合いの成せるわざだ。

うっすらとした緊張感がまとわりついてくる。
俺が緊張してるんじゃない。
隣の席から、焚き火の熱気のごとく、ゆらゆらと俺の右半身をあぶってきていた。
前の時限に、席替えをした。
担任の科目で、授業もそこそこに「今やろうか」とクジ引きさせられた。

結果、俺は「窓際の一番後ろ」というマンガの主役みたいな席をゲットした。

隣は、吉田《よしだ》さん（ちょいギャルめの、女子最大グループ所属）になった。

彼女の様子がなんとなく……おかしいのだ。

教科書を見るふりをしつつ、俺をチラチラ盗み見してきている。

それから、やたらと髪を手で梳《す》く。

「………」

また見てきた。

なんかこう――ピリピリしている。すごい警戒されてる感じ。

そういえば、席が決まった瞬間からリアクションがおかしかった気がする。

「……（チラ）」

………。

嫌われてんのかな。

――それとなく、たしかめよう。

しばらくこの席なんだ。はっきりさせないまま行くのは、耐えられない。

「……吉田さん」

「――！　なにっ⁉」

うわ、反応でけえ。

早くもへコみそうになったが――

「シャーペンの芯、くれないかな？」

「えっ？　あ、うん」

布筆箱から、芯のケースを取り出す。

よかった。嫌われてはないっぽい。

「は、はい」

吉田さんの手から、受け取ろうとする。

「ありがとう」

吉田さんの指先が、俺の手のひらにちょっとふれたとき――

「――ダ、ダメっ！」

いきなり引っ込めた。

「……へ？」

吉田さんは顔を真っ赤にしつつ、ぎゅっと腕を畳んでいる。

「だってそんな、急に、困る！」

………何が？

「過剰に意識されたっぽいな」

さっきの件について白兎《はくと》が言った。昼休みの食堂である。

「お前、伝説の達成者だろ?」

「ああ」

「『佐保姫様を咲かせられた生徒には必ず素敵な恋人ができる』」

白兎が、それっぽい声でそらんじた。

「女子的には、意識しちまうんじゃねーの?」

「は?」

「直後の席替えで隣になる——とかさ。『これって、何かある……?』みたいな」

「……そんなことで?」

「いや、オレ、前にも見たし。**そういうヒロイン**」

「ゲームかよ」

「マンガだよ!」

「どっちでもいいよ……」

……でも、たしかにそう考えると、あの反応は合点がいった。

「にしても大げさだよな、吉田さん」

「だな。茶髪ビッチが二次元様と同じことするとと、イラッとするよな」

「お前は吉田さん他、女子全員に蹴られてこい」

そのとき。

「この子だって、絶対！」

「マジ？」

振り向くと、先輩の女子二人がペットボトル片手に立っていた。

「ね、キミ、桜木《さくらぎ》くん？」

「？　……はい」

「ほらーっ！　後輩に聞いたし」

「へーこの子がぁ」

と言いつつ、二人がイスに座ってくる。そして体育会系のさばけたノリで、

「ねぇねぇ、佐保姫様の効果、あった？」

「え？　いえ………特に」

「マジでー⁉」

「やっぱ、ないんじゃん？」

「あるって‼」

見てないのに断言した。

「だってさ一瞬で咲いたんだよ⁉　ずっと咲いてなかったのが、こう、バーッ‼　って！」

両腕を広げた瞬間、持ってたペットボトルからジュースが飛び出す。

俺の服にかかった。

「もう絶対！　奇跡じゃん！　絶対なんかパワー的な――あ、ゴメン⁉」

気づいて、謝ってくる。

「えっと、ハンカチ……」

「いえ、大丈夫です」

先輩がポケットからハンカチを取り出した。ファンシーな花柄。

体育会系な外見とのギャップで、すごく女の子らしさを感じて――「いいな」と思った。

「いま拭くから！」

「いいっす、いいっす。もう取れたんで」

「取れてないよ‼」

見てないのに断言きた。

「いや、ほんとに完全きれいですよ。ほら」

シャツを見せる。

「ん……」

納得してくれたみたいだ。

「でも一応、クリーニング代」

「いいですって」

「なんかおごる?」

「いや、ほんとに」

なんとか押しとどめた。

「じゃあ俺たち、行きます」

「ほんと、ごめんね?」

「いえ」

白兎と、学食の出口へ向かう。

「見かけによらない人だったなー」

白兎がつぶやく。

「優しい人だったな」

「オレがいなきゃ、フラグ立ってたんじゃねーの?」

「ねーよ」

「いや、危ないとこだったって。あやうく親友が三次元に惑《まど》わされちまうとこだった」

白兎がキメ顔をして、

「助かったな?」

「普通に残念だっつーの。そうだとしたらだけどな」

7.

「桃子、入るぞ？」

ドアをノックし、開けた。

瞬間、甘ったるい匂い。

桃子の体臭を濃くしたやつ。昔はこんな匂いしなかったんだけどな。

奥のベッドで、桃子が上体を起こした姿勢でいた。薄いピンクのパジャマを着ている。

「どうだ？」

「うん。だいぶ下がった」

「っぽいな」

桃子が、閉じた日記帳をわきに置く。

「あいかわらず、日記つけてんのな」

「いいでしょ」

「いいけど」

よく続くもんだと思う。

「ほんとに、なんもいらなかったのか？」

メールで、事前にほしいものを聞いたのだ。

「咲耶ちゃんが、いろいろ買ってきてくれたから。さっきまでいたんだよ。あんたが来るって言ったら、帰ったけど」

実に可愛くない。

「でも元気そうでよかった。心配したんだぞ」

「……な、何よ、気持ち悪い」

「気持ち悪くないだろ」

「キモいですー。あーキモいキモい」

「んだよ、キモいっつーのは、こうだろ？」

目をつむって上を向く。

「くんかくんか……桃子たんの部屋は、とっても甘い匂いがするお？」

「キモッ‼」

「フリだろ」

「ったく……」

「……するの？」

「え？」

「………におい」

「するよ」

「…………………変態」

「お前が聞いたんだろ」

しかも、桃っぽい匂いだ。

桃子が宙に向かって鼻をスンスンさせ……首を傾《かし》げた。

「学校、どうだった？」

桃子が聞いてくる。

「どうって？」

「何か変わったこととか」

「べつに。——あ」

あると言えばあった。吉田さんと、学食でのこと。

「なに？」

「いや、実はな……」

桃子に話した。

「ふーん」

桃子は、ことさら興味なさげな言い方をした。

「よかったわね」

「何がだよ」

「吉田さんか、その先輩と付き合えばいいんじゃない？」

「なんでそうなるんだよ」

桃子がじとっと見てくる。

「なんだよ」

「なにも。へー佐保姫様の効果、出てるじゃない」

「いや、これはそういうんじゃないだろ」

「同じよ。意識されてるってことでしょ？　それだけでクラッときちゃう子だって、いるわよ」

「いいねぇだろ……」

「わかってない」

桃子が首を振る。

「いい？　あんたは今、あの恋の伝説そのものになってんの。『必ず素敵な恋人ができる人』になってんの」

「……」

「あんたと接点持った子は『それって、私？』『運命？』とか、ちらっとでも考えちゃうわけ。そういうのに女の子は、あんたが想像するよりはるかに、弱い」

「……そう、なのか？」

「そう」

……へぇえ。

「ギャルゲ主人公」

「ギャルゲ主人公⁉」

「……そうよ……伝説がほんとかどうかなんて関係ないわ……」

桃子が小声で何かつぶやいている。

「……どうしよう……」

「なんだ？」

「な、なんでもないっ。下からお茶ついできてよ、ギャルゲ主人公」

「自分で行けよ」

「ぴょう・に・ん」

ぴんぴんしてるじゃねーか。

「……ったく」

下のキッチンに行って、冷蔵庫を開けた。

小さい頃から出入りしてるから、勝手知ったるというやつだ。

コップにお茶を汲《く》み、部屋に戻った。

桃子がベッドの上で、握り潰した紙のようにうずくまっていた。

「どうした」

「……っ、…………………」

急いで駆け寄った。

そして、気づく。

顔色が尋常《じんじょう》じゃない。

ひと目でやばいとわかる、病的な――黒みがかった、赤。

額に手をあてた。

――。

手のひらに伝わった非常識な熱さに、俺は心臓が冷たくなった。

「桃子！　桃子っ‼」

「……ッ、…………っ」

呼吸すら、危うい。

「――き、救急車」

スマホを取り出す。

ケータイからつながるんだっけ？

ささいな不安が、ものすごいことのように膨れ上がった。

1・1・9
コールが鳴る。

待ってる時間、髪の毛をつかみ、引っぱる。

『――はい。花蒔消防119番です。火事ですか？　救急ですか？』

「き、救急ですっ……！」

あわてながら、どうにか連絡を終えた。

向こうにノウハウがあるんだろう。テンパった俺から、うまく情報を引き出してくれた。

「桃子、救急車くるからな⁉」

「……、……、……ぅぅぅ……ううううぅぅぅう……」

憑《つ》かれたようにうなりだす。

――――死ぬんじゃないか？

リアルな感覚が、心臓をつかんだ。

それはけっして冷たくない。体からすべての温度を消していき、熱いとか冷たいとかそれ自体を『無』にしていくという。

そんな――怖ろしい感触。

桃子の手を取った。

両手でしっかり、包み込んだ。

恐怖した。

こんな熱さで、人間が生き続けられるわけがない。

なんだよ。なんでこんなことになってんだよ。

怒《いか》った。

ほんの数分前まで、いつもどおりだったじゃねぇか。

「…………はる…………ひこ」

俺をみつめてくる瞳が、どこかへ行きそうに、遠い。

桃子がいなくなる……？

考えたこともなかった。

桃子は生まれたときから隣に住んでて、当たり前のように毎日顔を合わせてて…………

なんだよ。

なんで俺が走馬燈みたいになってんだよ。

「死ぬなよ！　お前……死ぬなよ‼」

自分の声で気づく。

ああ俺——泣きそうになってんだな。

「絶対いなくなるなよ‼」

「…………………………いっしょ」

うわごと
「ずっと……いっしょ」

「ああそうだっ」

俺は必死に、

「ずっと一緒だっ‼」

8.

踏切の棒が、夕陽の光を鈍《にぶ》く照り返している。

俺は、夕暮れに染まる踏切を無言で渡っていた。

体に、まったく力が入らない。

「………はぁ」

虚ろな心でため息をつくことしか、できなかった。

「なにため息ばっかついてんのよ」

「あれ？　今、桃子の声が聞こえたような……ハハッ、そんなわけないよな。だって桃子はもう……」


「やめろよそういう冗談‼」


「大声出すなよ、桃子」

「あんたのせいでしょ！」

「……っつーかさ。なに、いきなり元気になってんだよ」

救急車で運ばれてる途中に、桃子はいきなり完全回復したのだ。

それはもう、スイッチのON／OFFみたいな劇的さで熱が引き、救急隊員の人も困惑していた。

一応、病院で血液検査と点滴をしてもらって——今、帰途についている。

心配してマジ損した。

「あたしだって、わかんないわよ」

腰をぐいんぐいんひねりながら、

「っていうか、点滴ってすごいわね。あたし今、元気すぎてヤバイ」

「……ほんとにもう、なんでもないのか？」

「うん」

「なんだったんだろうな」

「さあ」

桃子が、にやけ顔で見てくる。

「なんだよ」

「あんた、超必死だったわね」

「…………」

「あたしの手、握ってさ。『死ぬな、死ぬなぁー！』って」

「……あれ？　今、桃子の声が聞こえたような」

「ププッ」

「………」

「あ、待ってよ」

桃子が小走りで追いついてきて、並んで歩く。

「そのあとも、何か言ってなかった？」

「………」

「あたしよく覚えてなくてさぁ。ね、なんて言ったの？」

「………」

「ねぇねぇ？」

「……なんも言ってねーよ」

「ふぅーん。ま、かんべんしてやるかー」

弱みを握ったつもりなのか、すごい上機嫌だ。

「ついでに夕飯の買い物していきましょ」

桃子がようやく話を変えた。

「今日、何がいい？」

「んー……魚？　天ぷらとか」

「昨日唐揚げだったでしょ。揚げもの連チャンはだめ。ホイル焼きか、蒸す方向で」

「ああ、ホイル焼き、いいな」

「決まり」

桃子が、空を見上げる。

褪《あ》せて透きとおった、蒼い夕空。

「日が長くなってきたねー」

「だな」

「――え」

桃子が、ふいに立ち止まった。

「桃子？」

「……………え？……………え……………？」

目を宙にさまよわせながら、掴むように額を押さえる。

「おい、どうした」

「……………………………………………………………………………」

表情をこわばらせ、微動だにしない。

俺の喉元を過ぎたはずの恐怖が、よみがえる。

「桃子っ！」

肩を揺らす。

と。

「────あ？　…ああ……」

桃子は、はっと我に返ったふうに俺を見る。

「ごめん、なんでもない」

「そんな感じじゃねーだろ。隠すな」

「……えっと………なんていうか」

桃子は苦笑めいた表情を浮かべ、

「デジャブ？　みたいな感じ」

「は？」

「白昼夢っていうか……うーん、ほんと、なんでもないから」

「大丈夫、なのか？」

「また手、握る？」

「握んねーよ」

「早く買い物して帰りましょ。咲耶ちゃん、お腹空《なかす》かせてるから」

9.

そんなことがあった翌日——。

今朝は珍しく、純和風の朝食だった。

「咲耶、しょうゆ取って」

「やだ」

「やだじゃねーよ。ほら、よこせ」

咲耶が、渋々ビンを渡してくる。

「いっぱいかけて、血管切れろ」

「切れねーよ」

しょうゆをちょっとだけかけて、ほくほくの卵焼きを口に運ぶ。咲耶の好みに合わせてて、かなり甘い。

「…………」

桃子はいつものごとく、朝ドラ『尼《あま》ちゃん』を食い入るように観ている。

様子が変だった。

『あなた向いてないわ、尼』

『じぇじぇ！』

「…………」

ドラマの内容に対するリアクションがまったくない。

いつもなら笑ったり、ハラハラしたり、忙しいやつなのに。

咲耶も感じたらしく、俺を見てくる。

「……桃子？」

「――えっ？」

「ち、ちょっと待って……」

手で押しとどめ、視聴を継続する。フィルムをチェックする監督みたいな顔だった。

意味のわからない緊張感がダイニングを包む。

「トイレ」

咲耶がいづらさに耐えかねたように席を立ち、出ていった。

「…………」

そういえば今朝は、起こしにきた段階から、いつもと違った気がする。

考え込むような仕草が、ちょいちょいあったというか……。

そのとき、桃子がふいにつぶやいた。

「……おらのママがギリシャ正教だからか」

『おらのママがギリシャ正教だからか!?』

——え？

桃子が、ビクリと後ろに退いた。

ぎぃッ！　椅子の脚が不快に軋《きし》む。

「…………………………」

片手で口を押さえ、まなざしを歪《ゆが》めている。

「どうした」

ゆっくり……俺に、振り向いてきた。

「……は、春彦……どうしよう……」

血の気を失った顔で。

「あたし…………未来が、わかるようになっちゃった」

……は？

「昨日の病院の帰りね、急に——入ってきたの」

「何が?」

「記憶」

「……?」

「未来の、記憶。四日後までの……自分の記憶」

「…………」

何、言ってんだ……?

桃子は両手で、ぐっと口を覆い隠し、体を縮こまらせる。

肩がぶるぶる震えている。瞳に涙が湧《わ》いて、あっというまに零《こぼ》れそうになっている。

とてもふざけてる感じではない。

でも。

「だ、大丈夫か?」

「…………死ぬの」

「え?」

「三日後の日曜日に……」

桃子は言った。

あたし…………死ぬの。

二章　時計

1.

「ここでチャイムが鳴る」

ピンポーン。

『誰だ？』

「来たのは、檀家《だんか》の水口《みずぐち》さん」

『じぇじぇ！　水口さん!?』

「水口さんが『留守電聞いた?』って言う」

『留守電聞いた?』

「ここで終わり」

ドラマが終わり、ニュースが始まった。

「…………」

俺はとっくに、何も言えなくなっていた。

桃子を見る。

唇を噛んでいた。

いやなものを見てしまったふうに眉間《みけん》にしわを寄せ、画面をみつめている。

テレビでは、最初のニュースが終わろうとしていた。

「……次のニュースは何か、わかるか?」

「わかんない」

「え?」

「覚えてない、い、いもん」

桃子《ももこ》がこっちを向く。

「言ったでしょ？《あたしの記憶》だって」

「…………」

「わかるのは、三日後の日曜日までに、あたしが見聞きしたらしいことの一部」

「一部？」

「印象に残ってること――なのかな」

「あたしたちって、その日のこと、なんでもかんでも覚えてるわけじゃないじゃない」

「……そうだな」

「それがね、こう……録画のリストみたいに並んでるのよ」

頭の上で、両手を広げる。

「あんた、録画したやつ、シーンごとに切り分けてたじゃない。あれ、なんていうんだっけ？　チャ……」

「チャプター？」

「そう、それ。そんな感じにね、短いシーンがずらっと並んでるの。それは何回でも再生できるのよ」

「……つまり、こういうことか？」

俺は整理した。

・桃子の意識に、未来の記憶が流れ込んできた
・それは、桃子が未来に体験した《桃子自身の記憶》
・その記憶が、シーンごとのチャプターリストになって頭の中に並んでいる
・それは、桃子にとって『印象に残っている』ごく一部の記憶である

「……そうだな？」

「……うん」

…………………。

本当、なのだろうか……？

「次の日曜――だっけ？　お前が、その……」

死ぬ。

「…………」

「なんでなんだ？」

「………事故に、遭《あ》うのよ。あんたが」

「俺⁉」

「そう、あんた。日曜、美凪《みなぎ》でね……」

美凪っていうのは、花蒔から電車で二十分くらいの所にある湾岸都市だ。遊園地とか、でかいショップモールがあるレジャースポットで、気合い入れて遊ぶときに使う。

「あんたの上に、コンクリートの塊みたいなのが落ちてくるの」

「なんで？」

「わかんない。その先の記憶…………ないから」

「…………」

「でもたぶん、ビル沿いの道だったから……そこから落ちてきたんだと思う」

「ビルの上からってことか」

「うん」

「……あたしは、たまたまそこに居合わせて。あんたをかばって…………それで」

「…………」

俺の身代わりになって……って、ことか？

一瞬謝りそうになったけど、それはおかしな話だ。

だって、まだ起こってないんだから。

桃子は、不安げに膝をさすっている。

「なんで俺、美凪に？」

今のところ、行く予定はまったくない。

桃子は一瞬俺を見て、じっと考え込む。

「……わかんない。ほんとに、偶然だったから……」

桃子の記憶にはない、ということか。

「………」

未来予知。

未来の自分の記憶がインプットされたんだから……

《タイムリープ》……ってやつか。

あるんだろうか、そんなことが。

この、現実に。

桃子が嘘をついてるようには見えない。

けど、そんなマンガ的なギミックを目の前にゴロンと出された今……

俺は、自分でも意外なほど——保守的になっていた。

この非日常を今すぐ受け入れたい自分よりも、『現実的なことで説明のつく別の現象』ではないかと思う気持ち。

よくできた偶然。なんらかの認識の齟齬《かんちがい》。

ドラマの続きを、すでにどこかで観てたとか……。

そっちの方が、自分の中で少しだけ、強かった。

「……もうちょっと、確かめよう」

「……？」

「お前の予知が本当なのか、どうか」

「ほんとだって……！」

「嘘ついてるとは思ってねぇよ。でも、百％《パー》当たるかどうかは、まだわかんないだろ」

「………」

「内容が、内容だし……ちゃんとやろう」

「……そうね」

そのとき、咲耶《さくや》がトイレから出てくる音。

「とりあえず咲耶には内緒な。ややこしくなるだけだから」

「うん」

咲耶が入ってきた。

「おう咲耶。トイレ長かったな？」

咲耶の顔が、ぼっと真っ赤になる。

「し……しね――――――――――――――――っっ！！！」

――――――――――――

ぐーで殴られた。

2.

「はい、これ」

休み時間、廊下の突き当たりで桃子から一枚のメモを受け取る。


【今日これから起こること】


桃子の『予知』を検証するために、あらかじめ起こることを書いてもらったのだ。

さっそく読んでみる。

【学校：　特に何もなかった】

「……おい」

「だって、ないんだもん」

桃子が言う。

「テストだったり、なんかハプニング的なことがあれば記憶にも残ってただろうけど……

学校については、一切なし」

「ほんとに、なんもないのか？　記憶」

「ないわけじゃないけど……あたしが何をした、とか書いても、それはあたしの意志でどうとでもなる部分でしょ？」

たしかに、桃子がこれから何やるかなんて、桃子のさじ加減だ。

「あんたの行動についても同じ。ほんと、普段の学校なんて記憶に残らないもんね」

たしかに、そうかもな。

そう考えると、予知の証明ってのも意外と難しいのか。

「あ、でもね、続き見て」

【店：　十七時頃に、コトリ乳業から電話。
生クリームが入らなくなって、明日のランチに出す
クリームパスタのベースを、ベシャメルに変える】

「おお」

「それなら、わかるでしょ」

「ああ。で、ベシャメルって何？」

「ホワイトソースのこと。小麦粉とバターと牛乳で作るソースね。パパは、いつもと違う生クリームを使うより、ベース自体を変える方を選択するの」

……なるほど。

「これが当たれば、間違いないと思う」

「……うん」

桃子も、少なからず緊張してるようだった。

「でも、当たると思う。……あたしの中には、確かにそれがあるんだもん」

そのことを早く他人《オレ》に認めてほしい。そんな響きだった。


放課後——俺は小河屋《店》のカウンター席にいた。

時刻は、16時39分。

桃子がメモに書いた『電話』まで、あと20分少し。

「なんでまた来てんだよ」

オッサンが絡んでくる。

「いいだろ、べつに」

「桃子がメイド服着てなくて、残念だったな？」

「残念じゃねーよ」

「オレは残念だ！」

しらねーよ。

「タダでコーヒー飲みに来やがって」

「ちゃんと金払うよ」

「ガキが生意気言うな‼」

……なんなんだ……。

「今日だけだよ。もう当分来ねーから」

「そうかそうか。あーせいせいするぜ」

そんなオッサンは無視して、スマホの時計を見る。

16時46分。

桃子も、テーブルを片付けながら店の壁掛け時計を見ている。

……16時51分。

時間が過ぎるのが、遅い。

16時53分。

スマホをいじった。

ちらちらと時刻表示をチェックする。

そして、ついに――

17時。

電話は――ない。

………17時04分。

「………」

予知が、外れた？

「何そわそわしてんだよ」

「いや、べつに」


店の電話が鳴り響いた。


思わず立ち上がりそうになった。

雛子《ひなこ》さんが電話に出る。

桃子が、こっちに来た。

ほどなく、雛子さんが受話器をオッサンに差し向ける。

「あなた、コトリ乳業さん」

「おう。――あ、どーもどーも。いつもお世話になってます」

笑顔で挨拶していたが、

「…………はい？」

明らかに、何かのトラブルが起こったニュアンス。

生クリームが入らなくなって、明日のランチに出す
クリームパスタのベースを、ベシャメルに変える

「……わかりました。はい。いえ。――お願いします」

しかめ面で電話を切った。

「あなた、なんて？」

「……明日の分の生クリームが入らなくなった」

――――！

「ったくよー……勘弁してくれよ」

「じゃあ、明日のランチどうする？　クリームパスタ」

雛子さんが聞く。

「他から生クリーム取り寄せる？　近所のスーパーとか……」

「いや。コスト的にも品質的にもねーな。あそこは担当クソだけど、モノはいいからな」

そしてオッサンは、あっさりと――

「つーわけで、ベースをベシャメルに変えよう」

と、言った。

「ヘタな劣化版作るくらいなら、まったく別のアプローチから、同じ高みを目指す。腕の見せ所だろ?」

どこか惚れ直したように見上げる雛子さん。

俺と桃子は、言葉もない。

…………………………証明された。

桃子の予知は、本物だ。

3.

「……はい、お茶」

「……おう」

夕食後、俺と桃子はいつものようにソファに並んで腰掛けた。

けど、テレビは消している。

こうして二人きりになるまで、あえて話の続きを抑《おさ》えていた。

「……ようするにさ」

しんとしていく空気に耐えかね、俺は切り出す。

「美凪に行かなきゃいいんだよな？　俺も、お前も」

行かなきゃ、事故に遭うこともないわけだ。

「そう考えたら、すげーラッキーだったじゃん。その予知のおかげで、お前も……それからたぶん俺も、死なずにすんだ」

「うん――そうね」

桃子はほんのり明るい表情になって、うなずく。

「そうかも」

「な」

そうだ。

これで——この話は終わったんだ。

ちょっと楽になった。

「でもほんと、すげーよな。あるんだな、予知能力って」

「うん、だね」

「なんでこんなことが起こったのかわかんねーけど、今回の危険を避けるために目覚めた潜在能力とか、奇跡とか、そういうもんかもな」

「かな？」

桃子はまだ、慎重みたいだ。

「今も、日曜までの予知しかないんだよな？」

「うん」

覚醒から二日経ったが、さらに先の未来が頭に「入ってくる」ことはなかった。

「ほんと、そのためだけって感じじゃん」

ますます、それっぽい感じがした。

「そっか……」

桃子は自分自身をみつめるようにうつむき、

「そう考えると、すごいな」

表情がもう一段階明るくなった。

「あたし、あれみたい。能力者」

「む……悔しいが反論できねぇ」

そんなことを話しつつ。

「じゃ、日曜……いや、とりあえずしばらくは美凪に行かないってことで」

俺は、お開きムードを出した。

「ま、待って」

「どうした？」

「……もっと慎重になったほうがいいと思う」

急にそんなことを言いだした。

「あんたが美凪に行くことになった理由って、わかってないんでしょ？」

「ああ。……桃子の予知にもないのか？」

「……うん」

……ふむ。

それはたしかに、不安な部分ではあるな。

桃子は心細そうに、俺の反応を窺《うかが》っている。来《きた》る日曜日《みらい》に怯《おび》えてるんだろう。

そりゃ、可能な限り慎重に行きたいに決まってる。

「……そうだな」

俺はうなずいた。

「何がどうつながってるか、わからない。なんせ、未来を変えようって話だ」

「そう」

「普段の行動とか、いろいろ変えた方がいいのかもしれない」

「だよね」

桃子は、こくこくうなずく。

「……あ、あとね、春彦《はるひこ》」

「なんだ?」

「その……あたしたち、できるだけ離れないようにした方がいいと思うの」

「うーん……まあ、そうだな」

そうしておくに越したことない。

桃子の心細さも考えてな。

4.

――予知二日前――


まず、登校ルートを変えた。

いつもの桜参道には出ず、裏道を使う。

意味があるのかは、わからない。

けど、変えられるところはとりあえず全部変えていこうということになった。

「登校の道だって、変えるに越したことはないわ」

桃子が言う。

「こういうのって、ちょっとしたことが大きい結果につながってたりするじゃない。ほら、バタフライ……なんとか」

「バタフライエフェクトな」

「そうそれ」

ちなみに咲耶は今、桜参道を歩いてるはずだ。

裏道を使うと言ったら、嫌がった。

あいつは食わず嫌いというか、慣れないことをやりたがらない。基本、怖がりというか、消極的なのだ。困ったことだが、今回に関しては無理に付き合わせるようなことじゃない。

「小さい頃、よくこのへんで遊んだよね」

「ああ」

この道は、カフェ『小河屋《おがわや》』に通じてる道だ。

俺たちの家から、直で店に向かうときは使う。

だから小河屋によく行っていたガキの頃は、桃子とこの辺りを駆け回った。

「あのへん、空き地だったのにね」

「だなぁ」

今は、家が並んでいる。

「高鬼とか、やったな」

小学生の夏休み。このへんの奴らと仲良くなって、毎日ここらで遊んでた。

家と家のすき間を探検ごっこで歩き回ったり、壁に留まったセミを手で取ろうとした。

喉が渇いたら小河屋に行って、みんなでジュース飲ませてもらってた。

「懐かしいね」

桃子が目を細める。

「あいつら今、どうしてんのかな」

「ゆっくん、先週見たよ」

「お、どうだった?」

「金髪になってた」

「マジか」

俺の脳裏に、やせて背のちっこいスポーツ刈りが浮かぶ。

「そうかぁ」

つぶやきながら、俺は気づいた。

いつのまに、あの頃がとても——遠ざかっていたことに。

これまで中学、高校と、前ばかり向いてて、一度も振り返らなかったけど。

あのジリジリ暑い夏の日に、まだ空き地だったあのへんで桃子や近所の奴らと走り回ってたこと。涼しい小河屋《カフェ》で飲んだ、炭酸の美味さ。

高校野球の高校生が、とても大人に見えたこと。

「どうしたの?」

「ん。なんか……あれからすげー経ったんだなって。もう、ガキじゃねーんだなってさ」

「それ、すごくわかる」

「小学校の集団下校とすれ違ったときにさ……」

「あ、あたし高校生なんだな、って」

「あーわかる。ガキの頃見上げてた姫高の生徒に、いま俺がなってるんだなって」

「そうそう!」

そんなことを話しながら、歩いた。

昼休み、俺たちは屋上にいた。桃子から、弁当はここで食べようと誘われたのだ。

「なんで、屋上？」

「ふ、普段しないことを徹底させてるのよ」

屋上には、他に誰もいない。春のぬくさと明るい空の開放感で、最高だった。

少し向こうでは、満開になった佐保姫様がひときわ目立っている。

「食べましょ」

「ああ」

弁当のフタを開けると、桃子のと完全に同じレイアウトだった。

いつもは、まわりにバレないように、おかずの配置を変えたりしてるんだけど。

「いただきます」

竜田揚《たつたあ》げを食う。サックリとした片栗粉の衣を噛むと、醤油と生姜《しょうが》の香ばしい風味が広がり、やわらかい鶏肉と混ざった。

「……うまい」

「そ」

褒めると、照れ隠しでそっけなくなる。

まあしかし、学食のあからさまに出来合いのツユを使ったうどんとか、ギトギトでまったく具のない天ぷらも好きだ。学食の日を設けたのは桃子の負担だけじゃなく、そういうのを食い続けたいという部分もあった。

「なに？」

「いや」

まあ、贅沢《ぜいたく》というやつだ。

「お前、料理うまくなったよな。いつからだっけ？　始めたの」

「……どうだったかな？」

「あ、そうだ、小五ん時だ。小五の二学期」

「よく覚えてるわね」

「最初に食わされたのが、めっちゃマズかったからな」

「……………」

「なんだっけ……肉じゃが？　マヨネーズとケチャップ入りの」

「よく覚えてるわね」

「軽いトラウマだからな。それからも、なかなか上手くならなかったよなぁ」

「……うるさいわね」

「味見を覚えたのが、小学校卒業前で……そっから一気によくなっていったよな」

「ふふん」

「掃除とかの手伝いは前々からやってたし……中学ん時にはすっかり、家庭的なキャラとして認識されてたよな」

「努力のたまものよ」

「たしかに、やたら熱心だったな。なんで急にやろうって思ったんだ？」

「えっ……」

桃子はツンとそっぽを向き、

「い──いいでしょ、そんなこと」

いいけど。

「でもあんたさ、ほんとよく覚えてるわね、あたしのこと」

「？　当たり前だろ」

「……。……そっか」

「なんだよ」

「ううん、なんでも」

桃子は間を切り替えるように、

「あー気持ちいい」

風に目を細めた。

「春って感じよね」

「そうだな」

この季節の風は、格別だ。


「昨日より、さらに増えてるわね」

境内を前に、桃子が言う。

普段なら、俺たちが下校する頃には、観光客の出入りはだいぶ落ち着くんだが……。

「めっさ混んでるな」

桜を取り巻き、カメラを向ける観光客がまだまだいっぱいいた。

ちなみに時々、下校する俺たちを撮る連中がいたりして、ウザい。

「桜効果、すごいわね」

「ああ」

まあたしかに、白い桜なんて珍しいからな。

俺は佐保姫様を見上げる。

――ん？

「……あれ？」

桃子も気づいた。

かすかに……赤く色づいていた。

まだぎりぎり白と言い張れそうなくらいのものだったけど——明らかに、最初とは違う。

「普通になってきたってこと？」

「いや、なんか違わないか、色？」

薄い赤には違わないけど、本来の桜の花とは別の赤色を薄めた感じというか……。

「言われてみれば、そんな感じも……？」

「どうなってんだ……？」

「さあ。不思議ね」

「ああ」

結局、そう言う以外にすることもない。

「これから、どうする？」

「うん。引き続き、いつもと違う行動を取りましょ」

そのとき俺は、ふと思った。

佐保姫様がガチで普通じゃないんだとしたら、伝説の『御利益』というのも、本当にあるのかもしれない……と。

5.

それから俺は、地元の観光地に連れて行かれた。

「あたしたちが普段取らない行動MAXっていったら、こういうとこじゃない」

という桃子の意見により、観光客に混じって籠《かご》に入れた小銭を洗ったり、名物のホットケーキを食ったりした。

そして、いつもと違う行動の仕上げとして、晩メシをマック（MAXバーガー）にした。

向かいの桃子が、にやにやとその名を口にした。

「『美凪マック事件』」

「…………」

俺は、ものすごく苦い顔になってると思う。

「あ、あんなの、事件じゃねーよ」

「あたしの中では、間違いなくトップ3ね」

幼なじみたる俺たちの間には、いくつかの『事件』と呼ばれる思い出《エピソード》が存在する。

その中でも、俺の繊細《せんさい》なところをえぐってくる『美凪マック事件』とは――。

俺は、毎年のバレンタインデーに、桃子からチョコをもらっている。

感覚では、母からもらうものに極めて近い。

うれしくもなく、いやな気恥ずかしさを覚えつつ漠然《ばくぜん》と受け取る――という感じだ。

で、ホワイトデーにお返しをするわけだ。

親にそうしろって言われたのが最初だったかな。

それでガキの頃から、バレンタイン&ホワイトデーのやりとりが慣習として続いている。

「中二の時よ」

そう、中二の時。

桃子に「美凪に連れてって」と言われたのだ。

理由は色々言ってたけど、忘れた。

とにかく、その年のホワイトデーは桃子と美凪に行くことになった。

それまでは、一度も行ったことがなかった。

美凪っていうのは、前にも言ったが、電車でなん駅も行った先にあるでっかい湾岸レジャー都市だ。

桃子が死ぬ、と予知されている場所でもある。

そんな『~Walker』なスポットに……当時すでにラノベとかのインドア趣味（婉曲《えんきょく》表現）に傾いていた中二男子が生まれて初めて、なんの準備もなしに行ったわけだ。

……だいたい、わかるだろ？

「あんたってば、完全にビビっちゃってさ」

桃子がなぶってくる。

「お洒落なショップモールも、遊園地も、中華街も何もかも素通りして……結局、駅前に戻って、マックでバリューセット食べただけで帰ったのよね」

「…………」

……………うわあああああああああ…………！

頭を抱えたくなるのを、なけなしのプライドで自制した。

「こうしてると思い出すなー」

ことあるごとに蒸し返しやがって。

「あれは、お前が悪いだろ！　なんでホワイトデーのお返しが『美凪連れてけ』なんだよ」

「……い、行ってみたかったんだから、しょうがないでしょ」

「ひとりで行きゃよかったじゃん」

「行けるか！」

テーブルに置いてる、桃子のスマホが震えた。

「咲耶ちゃんからメールだ」

確認したあと、俺に見せてくる。

『フィッシュのセット　コーラ』

テイクアウトのリクエストだった。

ちなみに、リクエストを聞くメールを出したのは俺なんだけどな？

その返事を桃子に送る。

まあ、いつものことだ。

「じゃ、土産買って帰るか」

「うん」

……でもほんと、なんで俺、日曜に美凪なんか行ったんだろう？


家の前に着いた。

「じゃ、明日な」

「…………」

桃子が、何か言いたげにしている。

「どうした？」

「……えっと……今日、一緒に寝たり——」

ちらっとこっちを見て、

「……しない、わよね？　あはは」

「おま……、」

「ち、違う！　普段取らない行動っていうか、その……あたしが目を離してる隙に、あんたが『美凪行こう』ってなるかもしれないじゃない」

「なんねーよ。どんな理由だよ」

「どこかからメールが来て……とか」

「……来るのか？」

「……わかんないけど」

………………。

「いろいろ考えちまうのは、わかるけどさ」

俺はなだめる。

「絶対行かねーって決めてるし。だから大丈夫だって」

「……うん」

だが、桃子はまだ何か不安を抱いてるみたいだった。

「何も、ないよね？」

「何が？」

「あたしに隠してたり……言えずにいること」

「ねーよ」

ため息をつき、

「今日は、部屋に置いてたダイエット器具をちゃんと使って、それから寝ろ。それこそ、お前が『普段取ってない行動』だろ?」

「うん。——って、なんでダイエット器具のこと⁉」

「見舞いのときに見た。隅っこでホコリかぶってたやつ」

「〜〜〜〜〜〜っ」

「おやすみ」

「春彦ォォォオオ———っ‼」

ダッシュで家に入った。

6.　——予知前日——

海へ行こうと桃子に言われた。

土曜の昼過ぎ。住宅街をひたすら南下し、海岸に向かう。

途中、懐かしい場所があった。

「…………」

中学時代、親友だったやつの家だ。

そう——「だった」。

学校が別々になって疎遠になるのは、珍しいことじゃない。

……ただ、俺たちが高校進学以来まったく連絡を取らなくなったことには、もっと壊滅的な理由があった。

中三だった一年ちょっと前まで、しょっちゅう遊びに来てたのに。

たった一年をひどく「懐かしい」と感じてしまったのは、大きく開いてしまった距離があるからだろう。

「懐かしいねー」

桃子が、なにげないふうに言う。

俺たちの事情を知っているのだが、黙っているのもなんだと思ったんだろう。

桃子もここには来たことがあって、そのときのことは『事件』のひとつになっている。

「………」

「行こっか」

「ああ」

多少の事情はあるとはいえ、歳月とともに友達が入れ替わっていく。

結局は、そういう誰にでもあるようなことなんだと思う。


「うーん。やっぱ海はいいわね」

石段を下りながら、桃子が伸びをする。

「こう……気持ちいいわね」

「まあな」

広がる海を目にすると、どこかスッとする。

「……ふぁぁぁ〜あ……」

「眠いの？」

「遅くまで、ネット見てた」

タイムリープのこととか、そういうのを扱った作品のネタバレとかを見まくったのだ。

「あたしも、ちょっとは調べたけど……なんか難しい」

「お前、こういうの苦手だもんな」

スニーカーと靴下を脱ぎ、砂浜に入る。

足の裏に当たる粉みたいな砂が、夏とは違い、ほどよい温かさだった。

「あたしも脱ご」

桃子も裸足になる。

「あ、サラサラ。気持ちいいね？」

ときどき、桃子に誘われて海に来る。

暇なときは付き合っているのだが、いつも行くのは地元民が使う裏のビーチ。

今いるのは観光客向けの方。水が汚いからって、地元の俺たちはまず使わない。これも普段と変えた行動ってわけだ。

しかしまあ、やることはいつもと同じだ。

「ボートサーフィンやってるね」

「あいつらは年中、どこにでもいるな」

「好きなんだね」

「バカっぽいな」

「……なんでそんなひねくれた子になっちゃったの？」

うだうだと、話す。

「臭ぇよな」

「は？」

「マンガとかで、海に来たヒロインが『うーん潮の香り♪』とか言うけど、冷静に嗅いでみると、ちょっと生臭いよな？」

「たしかにそうだけど」

「まあ、イヤなにおいってわけじゃないけどな。不思議と」

「生命のにおいだからね」

「ドヤ顔で台なしだな」

ようは、何もしない。

「桃子、この海草」

「なに？」

「すっげえ虫がたかってる」

「いやあっ!? もう!!」

「びびってやんの」

「……今日の夕飯、あんただけ海藻サラダね？」

「すいませんでした」

　何もせず……

　こんなふうに、ゆっくりと…………

「なあ、桃子」

「ん？」

「俺たちさ、ずいぶん長いよな。家が隣で、生まれてからずっと一緒だった」

「どうしたの、急に？」

「いや……」

　中学時代の親友のことが、頭によぎったのだ。

　歳月とともに、まわりにいる人は変わっていく。

　クラスが変われば。進学すれば。

　あるいはもっと、ささいなことで。

「これから大学に進んでさ……たぶん、違う大学になるだろ？」

「…………」

「もし同じとこ行ったとしても、高校みたいに同じ教室にいるわけじゃない。いろいろズレてくだろ」

　あ、俺いま、感傷的になってる。

「それで就職してさ。同じ職場ってことは、さすがにない。ヘタすりゃ、どっちかが沖縄とかに行くかもしれない。それで、職場の人間関係ができて……」

………。

「お前とは、いつまで一緒なんだろうな」

「ずっとよ」

桃子が言った。

「あたしと春彦は、ずっと一緒よ」

潮騒みたいな、静かな声で。

「そうかな」

「そうよ」

「根拠は？」

「ないけど」

「あっさりだな」

「あたしとあんたは、きっと腐れ縁ってやつでしょ。腐れ縁だから、切れないの」

「幼なじみで、腐れ縁か」

「そう」

「ベタベタだな」

「ベタは、本当によくあるからベタって言われるようになるの。パパが言ってた」

「オッサンかよ」

「たまにはいいこと言うでしょ？　うちの達哉《たつや》」

「はぁ。やれやれだ」

「だから、あたしはずっと一緒よ。何があっても」

「………………」

桃子はたぶん、俺がかつての親友のことを浮かべてたのを、わかってくれてるんだと思う。

改めて、距離の近さを実感した。

ありがたかった。

7. ――予知前夜――

テレビを消した。
芸能人のＶＴＲに対するわざとらしい頷《うなず》きとかにうんざりした――とかじゃなく。
テレビから洩《も》れる賑やかさが、うざったくなったのだ。
俺も、桃子も、そういう空気じゃなかった。
夕食後の、いつもの時間。
「…………」
「…………」
空が暗くなり、夜が更けるごとに……《明日》という日が重くのし掛かってきていた。
桃子が死ぬ――という予知の日が。
事故が起こるのは、美凪だ。
だから明日、美凪に行かなければ助かる。
いや、そのはずだと、思ってる。
――でも、もしかしたら……？
という怖れを、ずっと消せずにいる。

もしかしたら、美凪に行かなくても死んでしまうんじゃないか？

……その「万一」を恐れる気持ち。運命には強制力があるのではないか？

その恐怖が、夜になって、俺たちの心に孵《かえ》った。

心臓でずっと温められていた卵のごとく孵り、けたたましく鳴きだしたのだった。

——運命を変えることって、本当に可能なんだろうか？

不安になる。自信がなくなっていく。

だってそうだろう。

これまで、現実に試した奴はいないのだ。

………誰にも、わからないんだ。

「……あのね、思ったんだけど」

「ああ」

「…………」

「……どうした？」

「あたしの予知ってさ、明日までじゃない。その先のことは、まったく入ってこない」

「うん」

「それって……あたしの未来が明日までだからじゃない？　つまり、明日あたしは死——」

「そんなことねーよ！」

「――っ」

「わ、悪い……」

「ううん……」

「…………」

時刻は、九時半。

そろそろ、桃子が帰る時間だ。

「…………」

いつもなら、桃子の方から「じゃ、そろそろ」と言いだす。

「…………」

「……桃子、九時半だけど」

「あ……うん」

だが、まったく動こうとしない。

俺にだって、桃子のことは、わかる。

帰って、独りになるのが怖いんだ。

もうちょいしたら、オッサンもおばさんも帰ってくるけど、それは意味がない。

明日の怖さを共有できない以上、独りと同じだ。

それができるのは、俺しかいない。

「……泊まってくか？」

桃子が、はっとこっちを見た。

「……うん」

桃子相手だから言えることだ。

普通の女子なら、こんな状況でも「泊まってくか」なんて、言えっこない。


リビングに、桃子の布団を敷いた。

「もう。ちゃんとまっすぐ敷いてよ」

桃子が、まめな手つきで整える。

「春彦のは？」

「俺？」

「そ、そうよ」

「俺もここで寝んの？」

「当たり前でしょ」

当たり前ときた。

いや、もちろんわかってるんだけど。

必死な桃子を見てたら、ちょっといたずら心が湧いてしまった。

「いやあ、さすがに問題だろ」

「む、昔はよく、こうして寝てたでしょ」

「あんときとは違うだろ。お前いちおう年頃の女子なんだしさ」

「幼なじみでしょ」

「でも、男と布団並べて寝るのはアウトっつーか」

「セーフよ！　布団並べて寝るの、ぜんぜんセーフ！　ウエルカムよ‼」

お前、テンパりすぎ。

「でもなあ」

「な、何？　言ってみなさいよ。なんでもいいから」

「これから晩メシ、毎日、揚げ物でいい？」

「だめ」

カーチャン……。

「！　い、いい！　オッケー！」

桃子があわてて訂正した。

「『お願いします』は？」

「――!?」

「『あたしと一緒に寝てください。お願いします』は？」

「…………あ、あたしと」

おおっ、マジで言うのか。

桃子は真っ赤になりつつ目を伏せ、ぷるぷる震えている。

こんな一方的な展開、初めてかも。

「……一緒に寝てください…………お願い…………します」

「もっと大きな声で？」

バフッ!!　枕を投げられた。

「ぐふぉッ!?」

「もーいい！　もーーいいっ!!」

「ごめんて」

なんとか、なだめた。

「……そうだ。寝巻き、取ってこいよ」

「春彦のやつ、ある？」

「あるけど……」

「じゃあ、それでいい」

「いや、咲耶のやつでも――」

「いいの」

桃子が着替えるのを待って、部屋の電気を消した。

シュル……。

布団に入る。

「…………」

隣に、桃子の気配を感じた。

こうやって一緒に寝るのは、どれぐらいぶりだろう。

小六のときとかには、もうやってなかった気がする。

あれから何年も経って、俺たちは高校生になった。

俺も背が伸びたし、あいつもそれなりに胸とかでかくなった。

――もうちょい緊張するかと思ったんだけどな。

驚くほど、普通のテンションだった。

「……なるほど」

「どうしたの？」

「お前と寝ても、全然どきどきしないなって」

「は⁉」

「いや、待てって」

見えないだろうが、手を前に出した。

「お前はもう、俺にとって家族みたいなもんなんだなって……そう思ったんだよ」

「…………。あっそ」

……あれ？

いいこと言ったつもりなんだけど。

「桃子？」

背中を向けてしまった。

…………

……………

「なあ、桃子」

返事がない。

「……大丈夫だよ、明日」

最後にそう言うと。

「…………うん」

8.　――事故死当日――

『14時36分』。

それが、予知された「事故の瞬間」だった。

正確な時間がわかったのは、桃子の再生する記憶の中に観覧車の時刻表示があったから。

俺たちは、その14時36分までをどう過ごすか話し合った。

まず、一歩も外に出ない。

そして、危険につながりそうな行動をすべて避ける（階段の上り下りや包丁を使うこと）。

今の時刻は、午前の10時。

あと四時間半を、徹底的に、安全に過ごす。

桃子が、死なないように。


11時50分。

あと二時間半だ。

「アニメ観るか」

「うん」

俺はレコーダーを起動させる。

今期のアニメも、ひととおり始まったけど……

「桃子は、どれがいいと思った？」

「えっと、あのメイドのやつ」

「『ラスメ』な。あれ、面白いな」

「うん」

ラスメとは、深夜アニメ『ラストメイド』のことだ。

ヴィクトリア王朝時代から続く、メイドと執事《しつじ》の果てなき闘争。名門メイド家最後の生き残りであるヒロインが、ふとしたきっかけで日本の高校生と知り合い、家に押しかけることになる……という話。

「イロモノ感満載だけど、クオリティの高いとこではっちゃけてるから、逆にすげーっつーか」

「なにげにいい話だよね？」

「そうそう。シナリオがちゃんとしてるんだ。そこが大きい」

「ベッキーかわいい」

「アホだけどな」

「じゃあ、第二話観るか」

「うん」

共通の趣味を持ってる幼なじみってのは、ありがたい。

それが女子ってのは、なかなか貴重だよな。


12時40分。

「昼メシ食おうか」

「そうね」

桃子は立ち上がろうとして、

「……あ、そうだった。もう材料ない」

「マジか」

「……コンビニ行く？」

ほんの数分の距離にある。

「………いや、やめとこう。やっぱ、外は出ない方がいい」

そういう油断は、危ない。

「じゃあ……ピザとか頼む？」

それなら……

……いや。

「ラーメン、あるだろ？　ラーメン食おうぜ」

「わかった」

あと、二時間だ。

14時6分。

三十分を切った。

いつのまにか、互いに何もしゃべらなくなった。

「……………」

桃子がソファの上で、膝を抱えて座っている。

「……………」

俺もその隣で、ひたすらじっとしている。

何もする気が起きなくて、スマホさえほっぽり出している。

ちょっと、トイレに行きたくなった。

………。

……………やめとこう。

どんな些細《ささい》な行動も、だめな気がしてきていた。

考えすぎだってわかってても、止められなかった。

「…………………」

血液に灰汁《あく》が混じったような不快感。

全身がむずむずして、貧乏揺すりが止まらない。

きつい。

耐えられない。

「ゲーム、やろうか」

やってるうちに、時間を忘れるかもしれない。

「気がついたら過ぎてた……みたいにさ」

桃子が、首を横に振った。

「……だよな」

よく考えたら、14時36分が来た瞬間に集中してないことの方が、怖い。


14時31分。

あと――五分。

「…………」

「…………」

肩と肩が、ふれあった。

いつのまにか、ソファの上で身を寄せ合っていた。

14時32分。

何か言おうとして……失敗した。

14時33分。

室内のあらゆる場所を見て、警戒した。

何か危険なものはないだろうか？

ここで何か起きるとすれば、どんなことだろうか？

いきなり車が突っ込んでくるとか……？

がむしゃらに身構えた。

14時34分。
息が苦しい。
ちゃんと呼吸してるのに。
どんどん苦しくなっていく。
陸《おか》に揚げられた魚みたいに、ぱくぱくと口だけ動かして、酸素が入ってこない。
焦《あせ》る。
落ち着け。
これは過呼吸状態だ。
逆に、息をセーブするんだ。

14時35分。
あと一分――。
桃子が、ぎゅっと手を握ってきた。
ふるえている。

「……大丈夫だ」

声を絞り出した。

「何もねーよ」

「……う、うん」

スマホの時計を二人でみつめる。

14：35：47
あと十三秒。
息もせず、数字だけを網膜に映す。

14：35：48
14：35：49
14：35：50
14：35：51
14：35：52
14：35：53

14：35：54
14：35：55
14：35：56
14：35：57
14：35：58
14：35：59

14：36：00

「――――――――っ！」

「……………………」

「……………………」

「…………」

「……」

「…………」

14：37：00

……。

「……過ぎた」

何も——起きなかった。

「はぁぁ〜〜……」

風船がしぼむように、桃子の体から力が抜けていく。

「よかった……」

「ああ」

「やっぱり、そうよね。美凪に行かなかったんだから」

——そうだった。

「美凪の事故、あったのかな？」

「！　あ」

俺が遭うはずだった、ビルからの落下物事故。

「調べよう」

「どうやって？」

「ツイッター」

現場で目撃者がいれば、その中の誰かがツイートしてるはずだ。

スマホで検索すると、すぐにツイートが表示された。

ビルから落下物
コンクリ
パトカーきた
壁がはがれたんじゃ……?
野次馬すげえ

………事故は、起こっていた。

現場の写真がアップされていた。

でかい机くらいのコンクリートが、地面で粉々に砕けていた。

「……起こってた?」

「ああ」

桃子が張りつめた表情で黙る。

「……怪我した人は?」

「いないっぽい」

「……よかった」

安心したように、背中を丸めた。

俺も、ずっと肩に力が入ってたことに気づいた。

「……マジで本物だったな、お前の予知」

「……信じてなかった？」

「いや、そういうわけじゃない。……けどさ」

「でも、ほんとよかったね」

「ん？」

「助かった」

そうだ。

「命拾いしたな、お前のおかげで」

「うん……」

桃子は力の抜けた笑みを浮かべ、

「お腹空いたぁ……」

「コンビニ行くか」

瞬間。

「――――――――――――――――――――――――」


桃子が、虚空《こくう》を仰いだ。

微動だにしない。

……こういう桃子に、見覚えがあった。

まさか――。

「……そん…………な…………いや………………………………………なんで……………」

《未来の記憶》が、入ってきたのか……？

「……………………」

「……桃子……」

そうなのか？

「……………」

桃子はつらそうに目を閉じることで、うなずきを示した。

「……どんな内容だった？」

「………」

悪いらしい。

「…………次の日曜日」

桃子は最後の力を絞り出すように、言った。

「あたしとあんたが、死ぬ」

三章　御利益

1.

予知の内容は、こうだった。

日曜日、美凪《みなぎ》にあるアニメショップで異臭騒ぎ（おそらくガス事件）が起きる。

現場にいた俺と桃子《ももこ》が巻き込まれ、そのまま——死ぬ。

「……なるほどな」

前の予知とは違い、俺は今回の内容に心当たりがあった。

その日その時、その店に行くことを、検討していたところだった。

なぜなら、もうじき発売される超期待作のゲーム発売イベント（限定グッズ付き）が開かれるから。

急きょ決まったフェアで、別の店での予約をキャンセルし、そっちに乗り換えようかと悩んでいたのだった。

「つまり……行くんだな、俺？　お前と一緒に」

「えっ？」

桃子が一瞬、きょとんとした顔をする。

「どうした？」

「う、ううんっ。ちょっとボーッとしてて」

軽く頭を掻《か》き、

「そう。一緒に行くの。それで、階段に並ばされてね」

「あそこの階段、狭いんだよな」

「そう。すごいギュウギュウだった。あと、前の人がずっと独り言いってて……」

俺にとってはまだ起こってないことを、過去のように語る桃子。ほんとに、奇妙な感じだ。

「そしたら、変な臭いがしだして。温泉みたいな……明らかに異常な臭い。苦しいって大騒ぎになって……」

桃子がうつむく。

「……………あとは、言いたくない」

午後の陽が差す明るい部屋が話の雰囲気にそぐわず、とても奇妙な感じだった。

「……温泉ってことは、硫黄《いおう》？　……硫化水素か？」

比較的入手しやすい、自殺の定番。

「かな……」

「わかんねぇけど……。だとしたら、誰かが殺意を持ってやったってことだ」

「なんで……？」

「さあな。——まあ、そのへんのことはいい」

それよりも、だ。

「二回目か……予知」

つぶやくと、桃子の視線を感じた。

それは何か言いたげなもので、なんというか、今の雰囲気からは浮いた感じのものだった。

「どうした？」

聞くと、目を逸らす。

「な、なんでも」

「気になってることでもあるのか？」

「ほんとに、なんでもない。冴えない顔だと思って見てたのよ」

「めっちゃイケメンだっつーの」

「はっ」

「鼻で笑いやがった」

……話が逸れた。

「……ねえ、春彦《はるひこ》」

桃子が不安げに聞いてくる。

「これ………偶然かな？」

「………………」

二回連続。

前と同じ美凪で、同じ日曜。

たしかに、気にはなる。

……時間を扱った作品には、『同じことが何度も繰り返される』展開が出てくることがある。

桃子も、そういうことが頭にチラついてるんだろう。

俺は考えて………

「……偶然だと思う」

そう結論した。

「……なんで？」

「同じことが繰り返される展開には、一つ、不可欠な条件があるんだよ」

「……何？」

「『過去に戻る』ってことだ」

そう。

「タイムマシンで過去に戻ったり、意識や記憶を過去に飛ばしたり。つまりあれはさ、『過去のやり直しに失敗する』って内容なんだ」

「……あ……」

「俺たちは違うだろ？　俺たちの時間は進んでる。繰り返しじゃないし、今回は、原因も結果も違う」

桃子だけじゃなく、俺も死んでる。

「場所と曜日が同じだけど、逆に考えれば、それだけなんだ。だから——偶然だと思う」

桃子が納得し、安心した顔になる。

「……そっか……」

「すげー偶然だけどな」

たぶんこれは、アンビリバボーなやつなんだ。

七回落雷を受けたけど、七回とも助かった……的な。

そのうちテレビで、

『ある日突然、彼女に不思議な力が宿った』って再現VTRが作られるような……

これはきっと、そういうエピソードなんだ。

そう考えると、なんか気が楽になった。

「――というわけでだ」

俺は話をまとめる。

「とにかく、イベント行かなきゃいいんだろ？　現場に行かなきゃ大丈夫ってことはつい
さっき実証したし、なんの心配もない」

そういうことだ。

うん。

「もちろん当日はショップに連絡入れて、事件を防ぐようにしよう。――それで完璧だ」

「今までみたいに『普段と違う行動』をやる必要もないだろ」

「…………」

なんだろう。桃子から、いまいち納得の感触が得られない。

「うん。よし」

でも間違ってないよな？　という気持ちで、俺はうなずいた。

「じゃあ、コンビニ行――」

「だめよ！」

「……は？」

「なに浮ついてんのよ」

「浮ついてる？」

「そうよ！　そういう油断が危ないのよ！」

「でも――」

「でもじゃない！」

じっと睨んでくる。

「……まあ、そうだな」

たしかに、気が緩んだことは否定できない。

「油断は、しない」

「引き続き、できるだけ一緒にいるようにして」

桃子が念押ししてくる。

「勝手な行動しないで」

……普段、桃子はここまで心配性じゃない。

でもまあ、しょうがないと思う。

俺と違って、こいつは死の未来を記憶として視《み》てるんだ。

それが、まぎれもない本物だったたって実証されたんだ。

「ああ、わかった」

「うん」

桃子は、心の底からほっとした表情を浮かべた。

……たしかに、桃子の言うとおりだ。

俺たちは、手探りでやっていくしかない。

時間を扱う作品には、決まって主人公の身近なところに『専門家』が現れる。

知人の博士だったり、タイムスリップの経験者だったり、未来から来た人だったり……

そういう専門家が「タイムパラドクスが起こるぞ」とか言って、《世界のルール》を教えてくれる。何がダメで、どうすべきかの答えを、当たり前のように教えてくれる。

けど、現実の俺たちには、そんな都合のいい専門家はいない。

この世界《リアル》が、どんな仕組みになっているのか。

タイムパラドクスが発生するのか？　未来を変えるとどうなるのか？

そういうことが、まったくわからない。

さっきの俺の『答え』が正しいかも、わからない。

俺と桃子の二人で、必死に考えて、いろいろ試して、何も見えない中を、手探りしていくしかない。

たしかに、油断はできないんだ。

2.

「春彦、世界史のノート貸してくんね？」

休み時間に入るなり、白兎《はくと》が席にやってきた。

「なんで？」

世界史は、たった今終わった授業だ。

「もちろん、まったく取ってないからだよ」

「はあ？」

「……いや、ちょっと考えごとしてさ……」

「なんだよ？」

「『ラスメ』のベッキーたんとデートするとしたら、どんなコースにしようかなって」

この底知れぬ残念イケメンっぷりはどうだ。

「だからノート、コピーさせてくれ」

めんどくさいから、俺が黙ってノートを出そうとしたとき――

「ま、真智《まち》くん」

桃子が小走りで寄ってきた。

「あたしのノート、貸してあげる」

「へ？　いいの？」

「うん。あたしのやつの方が、見やすいと思うし」

「おお、サンキュー！」

「あと、二十円あげる。コピー代に使って」

「い、いいのか？」

「いいのいいの。あたし今、十円玉で財布パンパンだから」

「ラッキー！　さすがバイトしてるだけあって金持ちだな！」

「まぁね」

「じゃあ、行ってくる！」

白兎は意気揚々と出ていった。

「どうした？　気前いいな」

正直、ちょっと変だ。

「あんた、危なかったのよ」

「へ？」

「……《予知》よ」

桃子が囁く。

「本来なら、あんたも一緒に行ってたの。で、真智くんコピー代ケチって、生徒会室のコピー機、無断で使うのよ。それが会長に見つかって——ものすごく怒られるの」

「あの『タケミカヅチ』にか」

「そう」

「……それはたしかに、危ないとこだったな」

「でしょ？」

「助かった」

「たまには、こういう予知の使い方もいいでしょ」

たしかに、日曜のこととはぜんぜん関係のない部分だしな。

「そういやお前、バイトしてんの？」

「なに言ってんの、店手伝ってるじゃない」

「あれ、バイト代とか出てないだろ？」

「出てるわよ？」

3.

「……よ、よろしくお願いします」

「おう」

小河屋《おがわや》でバイトすることになってしまった。

できるだけ一緒にいたいという桃子の意志と、俺の金銭事情が重なった結果だ。

欲しいゲーム、けっこうあるんだよな……。

「おめーには洗い場をやってもらう」

「………」

生まれて初めてのバイトだから、ちょっと緊張する。しかも相手がオッサンだから、いろいろ複雑だ。

「じゃ、これに着替えろ」

渡されたポロシャツを着た。

「靴のサイズは？」

「二十六・五」

「俺のは七だから、まあ履けんだろ」

渡されたオッサンの作業靴を履いた。

「いけるか?」

「なんとか」

「あと、これな。洗い場のやつ」

白いエプロン(腰から下だけのやつ)を渡された。

「じゃあ、結び方教えるから見てろ。まず、こう。で、この下のとこをぐるっと巻いて、通す」

「……こう?」

「ちげーよ。じっとしてろ」

オッサンに直される。ぜんぜん知らない結び方に四苦八苦していたとき……

あ、俺バイト始めるんだなって自覚が——急に湧いた。


洗い場は、業務用らしき食器洗浄機がある、わりと本格的なものだった。

「ツテで安く入ったんだ。あるのと無いのじゃ大違いだからな」

たしかオッサンは、チェーン店の店長とかやってたんだ。

シンクにお湯を溜め、オッサンが壁に固定された箱のボタンを押す。

チューブから洗剤が出て、シンクのお湯に溶けた。

まわりには、ランチで使ったらしき食器が大量に積み上げられている。

なんだかんだ言っても、観光地の店。ピークはそれなりに混むのだ。

ピザの皿（でかい）とパスタの皿（中くらい）が、シンクの決まった位置に浸かっている。

オッサンは皿を食洗機のラックに並べていく。

「こう、列ごとにずらすと並べやすい。で、レバーを下ろす」

カバーが下ろされたとたん、水音が響く。

「シルバーは二度洗いな」

「シルバーって？」

「ナイフとか、フォークとか、このトングとかだ」

銀色のやつか。

そのあとも、説明が続いた。

「……ってとこだな。じゃあ、頼んだぜ」

「お疲れ。はい、これ」

ジンジャエールを渡してくる。

「いいのか?」

「もちろん」

喉が渇いてたから、あっというまに飲んでしまった。

「どう?　洗い場」

「なんか、あれだ。テト●スやってるみてぇだ」

消しても消しても新しいのが積まれて終わらない感じが、そっくりだった。

「あはは、的確」


キッチンに皿を戻しに行くと、オッサンがぐぬぬとなっていた。

「どうしたんだよ?」

視線を追うと、桃子が男性客二人と話していた。

「このへんに住んでるんスか?」

「はい」

「オレら観光で明日までいるんだけど」

「今日バイト、何時上がり?」

――おっと……。

「閉店作業《クローズ》とかあるんで、だいぶ遅くなるんですよー」

桃子がしれっと嘘をついて、かわす。

「……ナンパ？」

俺の問いに、雛子《ひなこ》さんが苦笑する。

「たまにあるのよ」

「たまにじゃねーよ！」

オッサンが牙を剥《む》く。

「軽いの入れたら、しょっちゅうだ。男の常連客だって桃子目当てがけっこういるし……」

「え……なんで？」

「おめーマジで言ってんのか？　桃子が可愛いからに決まってんだろ！」

たしかに、顔は悪くないと思うけど……。

「しかも、男から見て親しみやすい雰囲気っつーか……我が娘ながら、バリッバリのモテ系じゃねーか」

そこがよくわからない。

「よし春彦。あいつら殺してこい」

「いやだよ⁉」

……結局、かわし続ける桃子に向こうも諦めたらしく、それからすぐに帰っていった。

そのあと、キッチンに行くたびフロアを見ていると……

男の客に限って、桃子をちらちら目で追ってたり。

桃子がテーブルに料理を運んだときに、話したそうなオーラを出したりしていることに気がついた。


夜桜を見よう。

桃子が言ったから、参道を通って帰ることにした。

「お疲れさま」

「おう」

「初バイト、どうだった？」

「そうだな……」

俺は省《かえり》みて、

「『はー終わった』って感じ。特に楽しくもなく、つらくもなく……へー、っていうか」

「わかる。あたしも、そうだったかも」

「でも、バイトやったことがなくて、ちょっとビビってた部分あったけど……そういうのがなくなってスッキリした感じはある」

「春彦はレベルが上がった」

桃子がおどけた感じで言った。

「あー、桜きれいだねぇ」

桃子が、天を仰ぐ。

俺も仰ぐ。

夜に色づいた花の絨毯《じゅうたん》と、そのすき間を河のように流れる星空が見えた。

花蒔の桜は、全国のどこよりも咲くのが早く、散るのが遅い。

ここは春の、桜の聖地なのだ。

「そういや佐保姫《さほひめ》様、週末からライトアップされるんだって」

「ほう」

「せっかく咲いたんだし、ガッツリ観光客呼び込もうって」

「どんどん赤くなってきてんだよな」

佐保姫様は日を追うごとに色がはっきりしてきていた。

もう完全に、本来の桜の色じゃない。

「パパが昔に見たときも、同じだったんだって。そのときは紫だって言ってた」

「マジか。リアルに不思議すぎるな」

「あんたの恋の伝説も、いよいよバカにならない感じね」

なぜか、桃子の視線が冷たい。

「お前こそ人気じゃん」

「あたし？」

「ナンパとかされてたし」

「……た、たまたまよ」

「いやいや、わりとよくあるって聞いたぞ？　すげーじゃん」

桃子がじとっと睨んでくる。

「……なんか、すごいどうでもよさそう」

「そんなことねーよ。正直びっくり――」

「うるさい！　もうこの話は終わり！」

そうこうするうち、桜トンネルの終わりが近づく。

「ちょっとゆっくり歩こうよ」

「なんだよそれ」

「いいでしょ」

ちょっとゆっくり、歩いた。

4.

「お待たせしました」
俺は、テーブルにコーヒーを置いた。
常連客のプログラマーは、ガン無視でノーパソを見続けている。
無視されるのは正直いい気分じゃないが……そういうもんかとも思う。
俺が客になったときは、しないようにしよう。
そんなふうに、バイトで学ぶことは多かった。
始めてから三日目。今日はホールの仕事を教えられていた。
テーブルに伝票を置き、引き返す。
その途中、別のテーブルで片付けていないカップを発見。見逃さず回収。
一回ホールに出たら手ぶらで戻ってくんな、と、さっきオッサンに注意されたのだ。
ダスターでテーブルを拭いて完了。
カンペキ!
俺って、できる奴かも。ドヤ顔で戻ると、
「イス、直してねえだろ」

「――！」

「あと、床にゴミが落ちてる」

振り返ると、たしかに紙ナプキンが落ちていた。

「まだまだ甘ぇよ」

それを、桃子が拾っていた。

「桃子もさっきから黙ってフォローしてねぇで、ちゃんと言え。春彦が覚えらんねぇだろ」

「……ごめんなさい」

「かわいいから許す！」

台無しだった。

……っていうか、フォローされてたのか……。

「――っ⁉」

オッサンが、いきなりわきをくすぐってきた。

「何すんだよっ？」

「表情が硬ぇんだよ」

「……！」

「客の前に出んだから、リラックスした顔しろ」

手をひらひら振りつつ、洗い場に引っ込んでいった。

悔しいが、いろいろ学ぶことがあった。

客の出入りがなく、完全にやることがない。

店にはこういう時間帯が必ず訪れる。俺は店の奥でじっと立っていた。

…………。

《予知》のことを考えている。

ここ数日、特に何事もなく過ごしていた。

前の週みたいに、予知のことでいちいち動き回ったりもしない。

予知とは別のことで、身のまわりに『ある大きな変化』を感じ始めたこともあって、意識から完全に消えることもあった。

――このままで、大丈夫だろうか？

そのはずだけど。

カランカラーン、とドアベル。

「いらっしゃいま……」

「あれっ、桜木《さくらぎ》くん⁉」

クラスの女子三人組だった。

「バイトしてんの⁉」

「お、おう……」

「ウケるw」

「……三名様ですか？」

「そうデース★」

……バイト先にクラスメイトが来るって、すっげー恥ずかしいっつーか、変な感じだ。

水とおしぼりを運んだ。

「その格好、イイね」

ワイシャツと黒いスラックスの「ギャルソン」な感じの服装だ。

「似合ってんじゃん」

「大人っぽい」

「そ、そうか？」

正直、悪い気はしない。

「てかアレ、小河さんじゃん？」

「うわっ、マジだ！」

桃子が、向こうで常連と話している。

聞こえてないのか、こっちにまったく反応しない。

「ここ、あいつの親がやってる店なんだよ」

「ウッソ！」

「嫁の店で働いてんの？」

――ん？

「嫁（笑）」

……連れは気づかなかったみたいだが『嫁』の言い方にオタク（仲間）のにおいを感じたような……？

「いや、そんなんじゃねーよ。たまたまっつーか、いろいろあってな。――で、注文は？」

「敬語使えよ店員ーｗ」

うぜえ。

しかしなんというか、ものすごく打ち解けて接してくる。

「そういや桜木くんって、ゲームとか好きだよね？」

「まあ」

「じゃあ、アキバ詳しいよね？」

なんだその理屈。

「実はユッキーも、けっこうオタク入っててー」

さっき『嫁』と言った有城《ゆうき》さんの肩に腕を回す。

「アキバ行ってみたいとか言うわけ」

「ちょっ、やめ……てよ」

「いーじゃん」

「だからさ、ウチらのこと案内してくんない？」

「は？」

「だからぁ」

「アキバ案内してっつってんの」

「……一緒に行くってこと？」

「もち」

「いーじゃん、べつに」

あっさりと、女子と出かける話がまとまりだす。

「…………」

――――まただ。

これが、俺の感じ始めた『大きな変化』だった。

昨日あたりから自覚したんだが……最近、こういう展開がすごく増えてきたのだ。

何かきっかけが起こって、そこからスムーズすぎる流れで女子との距離が縮まる。

佐保姫様の御利益《ごりやく》で、フラグ体質になったんじゃないか……？

そういうことを、いよいよ真面目に考えてしまうくらい。

いや、気のせいかもしれない。たまたまかもしれないけど。

「ほら、ユッキーからも頼みなよ」

「…………」

恥ずかしがって、うつむいている有城さんの表情が——不意打ちに、可愛かった。

ちら、と見上げてきたまなざしと、ぶつかる。

その瞬間、なんとなく——「いい感触」がした。

「……実は俺もアキバ行ったことないんだけど、メジャーどころの案内くらいは——」

「いらっしゃい！」

桃子がやってきた。

足を踏まれた。

「どうしたのみんな⁉　超びっくり！」

「桃子、足！　踏んでる‼」

「あらごめんねー」

絶対わざとな感じで、足をどけた。

「春彦、そろそろ休憩入って」

「へ？　さっき入ったとこ——」

「ん？」

「……お、おう」

「嫁きたよ」

「嫁ＮＧきたよ」

「えっ？　な、何言って――」

「いいって」

「ごめんね。ウチら、そんなつもりじゃなかったんだ」

「違うって！」

桃子がむきになって否定する。

なんの話をしてるんだろう。

「お前は休憩行け‼」

「⁉　は、はいっ」

なんで怒られるんだ。

5.

翌日——。

俺と桃子は、アキバに来ていた。

「違うんだからね」

誰も何も聞いてないのに言う。

「どうしても秋葉原に来たかったのよ」

「だからって、学校休むか……？」

「今日は、学校行かない方がいいの。そういう予知なの」

「……ウソ言ってねえ？」

「ほんとよ！」

昨日の、店の話で触発されたんだろうか。こいつも、たいがいオタだよな。

「あ、メイドさんだ」

駅から出たすぐのところで、メイドさんがビラを配っていた。

「さすがアキバって感じだな」

「ねー」

……まあ、来ちまったもんはしょうがない。人生初アキバを楽しむことにしよう。

「で、どこ行きたいんだよ？」

「え？」

「行きたいアテの一つぐらい、あんだろ？」

「そうね。やっぱりメイド喫茶よ！」

「どういう系？」

「へ？」

「メイド喫茶っつっても、いろいろジャンル分けあんじゃん」

お帰りなさいませご主人様。って言うかどうか、とかな。

「そ――そっか。そこ大事よね！」

桃子はビッ！　と親指を出す。なんだそのテンション。

「ほら…………ジャンケンする系？」

「あー」

萌え萌えーなやつな。

「まあたしかに、一度はって感じだよな」

「でしょ!?」

「よし、行くか」

……激混みで入れなかった。

「すごかったね……」

平日なのに、人でいっぱいだった。

「みんな考えることは一緒っつーか……もはや、観光名所だな」

外人がいっぱいいた。

「たまたま混む時間なのかもしんねーし、あとでまた行こうぜ」

「うん」

「他に行きたいとこ、あるか？」

「えっと……春彦はないの？」

「そうだな……やっぱ、ああいうとこだろ」


ショップに入った。

「……おお」

一階は書籍スペース。並んでる本が、全部オタク向けだった。

島に積まれた新刊から、店を取り囲む棚スペースに置かれた冊子まで。

壁に貼られたポスター、オブジェ、凝りに凝った店員の手作りポップ。

地元の大型書店とは違い、オタ本スペースで人目を気にして肩身の狭い思いをしなくていい。

近場のアニメショップとも、違う。

すごくオープンなんだ。

街ごとだから。

オタク趣味を持ってるのが当たり前の場所だから。

みんな、だいたい、仲間。

何も隠さなくていい、《オタ特区》だ。

――すげえ！

アキバ、最高だよ！　赦《ゆる》されてる感じがするよ‼

テンションが上がる。財布のひもが、しゅるしゅる緩んでいくのを感じる。

「見ろよ桃子。表紙、ほとんど『ラスメ』だぞ」

「あ、ほんとだ。人気だね」

俺はアニメ誌を手に取って、ラスメの特集を読み始める。

桃子が横から、のぞいてくる。

「監督インタビュー？」

「おう」

俺が集中して読んでいるうち……桃子はまわりに視線を泳がせ始めた。

「……お前も、何か読んだら？」

「あ、うん」

言って、曖昧にきょろきょろする。

ラスメいいって言ってたわりに、そのへんのやつはスルーだな。

ってか、テンション普通すぎね？　俺がおかしいのか……？

「あ。『革命王子』だ」

イラスト集コーナーに行く。

『革命王子』は悪ヒーロー《ピカレスク》ものの傑作だ。

かなり前の作品だが、まだ棚に並んでるあたり、根強い人気を感じさせた。

「お前これ、ハマってたよな」

「うん。最終回、超泣けた」

「王子が、世界の憎しみを背負って死ぬとこな」

「そうそう。せつなすぎだよ」

俺も大ハマりしたアニメだ。

「一番好きなのはもちろん王子だけど、妹のリーナも可愛かったなぁ」

「リーナ、いいよな」

「いいよね」

「カトレアとの友情が最高だよな」

「かとれあ？」

「え？」

「えっ」

桃子は視線をさまよわせ、

「……えっと……あー、うん。……眼鏡のクラスメイト、よね？」

「それアズサ。親友だろ、マンガ版に出てきた」

「マンガ版⁉　何それ⁉」

「……ひょっとして、読んでねーの？」

「…………あんた、マンガのことなんか一回も話さなかったじゃない」

「え、そうだっけ？」

「そうよ」

「けどあのスピンオフは、ファンなら必読だろ。ネットでもすげー評判よかったし」

「……う、うるさい！　たまにはそういうこともあるわよっ！」

「お……おう」

とりあえず、話を変えよう。

「上の階、行ってみようか？」

「うん」

フロア案内を見る。

「――あ、『女性向け』だって！　見てみたい！」

桃子が興味津々という感じで指さす。

「いこいこ！」

……へえ。

「お前、ボーイズとか好きだったんだな」

「ボーイズ？」

「なに言ってんの、女性向けでしょ」

「え？　だから……ボーイズだろ？」

「は？　**ボーイズは、少年向けでしょ？**」

「えっ⁉」

近くにいた客も、振り向いた。

「な、なに……？　『ボーイ』だから『少年』でしょ……？」

桃子は戸惑いつつ、

「ボーイズは、少年マンガのことでしょ？」

背後で「ブフォッ」と吹き出す音がした。

まあ、ボーイズ＝少年マンガという解釈も、ある意味間違ってないんだがな……。

「ちょっ、こっち来い」

隅っこに引っ張る。

「ボーイズってのは、あれだよ。いわゆる……腐女子っつーか」

「ふじょ……**あ！　腐女子ね!?　腐った女子って書く!!」**

「うおおおい!?」

あっちで、お嬢様方がビクッてなってらっしゃるだろうがァァ!!

あわてて店を出た。

「…………」

「…………」

中央通りを、無言で歩く。

確かめたいことがあった。

ほぼ、確信になりつつあった。

「…………」

桃子が、こっちを見ようとしない。

切り出すタイミングを窺いながら、通りの店を見ていると――

――お、あれってもしかして……。

エロゲショップだった。

店の入口周辺が美少女絵で埋め尽くされ、華やかなムービーが流れている。

俺の中で、一瞬にして好奇心と羞恥心がハルマゲドンに突入した。

――いやいや、桃子いるし。

「……入る？」

桃子が言った。

「…………え？」

「見たいんでしょ、中」

「いや、でも、あそこは――」

「わかってる」

桃子が笑いを浮かべた。へにゃりとした笑みだった。

「いいんじゃない？　あたしもちょっと興味あるし。せっかくアキバに来たんだからさ」

……さっきまでなら気づかなかったかもしれない。俺は鈍いとこあるしな。

でも今は——無理してるのが、ありありと、わかる。

「………なぁ桃子」

店の前を通り過ぎた。

「お前さ——オタクじゃないだろ？」

「………」

「マンガとかアニメとか、ほんとは好きじゃないだろ？」

「す、好きよ！『革命王子』とか『ラスメ』とか、あと——『ドロップ』とか『CS』も！」

俺がハマったのばっかだ。

「でも、ボーイズなんて、あんた一回も話したことないし」

そりゃ、完全に守備範囲外だしな。

………つーか、やっぱそうか。

「合わせてたんだな」

俺に。

「——、」

「いや、もうはっきりしてるから。このへん歩いてるときの態度とか、空気っつーの？

そういうので」

アキバという広いオタ空間が、優秀なリトマス紙になっていた。

「…………」

「お前はほんと、そういうとこあるよな」

でも、驚きだった。

こういう踏み込んだ場所に来ないとわからないぐらいには、話とかできてたから。

……にしても、ボーイズとか、ほんとに一回も話に出なかっただろうか？

たぶん、わからないまま、流してたんだろう。

思い込みって恐い。ぜんぜん疑ってないと、気づかないもんなんだな。

「そんな無理に合わせなくていいんだよ」

気がつくと、メインストリートを過ぎていた。

人がぐっと減り、街の色が変わる。

たった十メートルで起こる急激なグラデーションは、俺たちの地元によく似ていた。

観光地の共通点ってことなのか。

「……話、できないじゃない」

桃子が、ついに認めた。

「同じアニメとか観ないと、話できないじゃない」

「そんなことないだろ。オタクネタじゃなくたって、他のことでいくらでも話はできるだろ」

俺とお前はさ。

「できない！」

桃子が叫んだ。

「それじゃ意味ない！」

「何が」

「あんたの好きなことなんだから！　あんたの好きなことで話できなきゃ——意味ないじゃない‼」

——————。

「だからあんたがいいって言ったやつは全部観て！　同じものを好きになろうって！」

頭が、完全に理解できてないのに——

「それで、いいって思うものもあったし、わからないのもあったけど……でも、『あれいいね』って言い合えたら、うれしいし安心するし！」

ハンマーで殴られたような衝撃が、した。

「——————っ」

桃子が口を押さえる。

「…………」

まだ何もはっきりしていない。

けど、見ていたぜんぶが変わるぐらいの、決定的なことを言われた感じがした。

「…………ち」

桃子は泣きそうな瞳で。

「ちがう！　ちがう！」

怯えるように両手を振る。

俺は……何も言えなかった。

どうしていいか――わからなかった。

6.

目が覚めていく感触がした。

薄い夢を見ていた。

いや、夢じゃなくて、ただ昔の記憶を思い出しているのかもしれない。

目覚めかけのぼんやりとした中、どちらともつかない。

とにかく俺は、桃子に対し、かなり恥ずかしい思いでいた。

……ああ、これはあのときだ。

桃子が、意外にオタク趣味だったって知ったときのことだ。

俺は、リビングでアニメを観ていた。

中二になる春休み、俺はアニメにハマった。

たまたま春休みスペシャルでやっていた魔法少女アニメを観て、ハマってしまったのだ。

主人公の女の子が可愛いから、という完全な覚醒。人生を間違えるきっかけというやつだ。

その日も家族がいないタイミングで、くつろぎつつ、熱中してそれを観ていると――

いつのまに、桃子が後ろに立っていた。

テレビで、ヒロインが「ほえぇ」と言っているのを、じっと見ていた。

『…………………』

額にじわりと汗がにじむ。

チャンネルを変えて誤魔化そうとしたとき――

『あ、これ、よつばでしょ？』

桃子の口からタイトルの略称が出た。

その瞬間、俺は………

ものすごく、安堵したのだ。

『……知ってるのか？』

『うん、まあ』

『お前、アニメとか観たりすんの？』

……このあと、桃子がオタクだったことをカミングアウトして、安心したのを覚えてる。

『……う、うんっ。たま……たくさん、観る』

…………あれ？

こんな感じ、だったっけ……？

『へえ。……お前、けっこうオタクだったんだ？』

『うん、実はねっ』

合わせてるの、バレバレじゃん。

『へー意外だなぁ』

なのに俺は、緊張からの解放と、仲間を見つけた喜びで、すっかり安心しきっていた。

見えてなかったんだ。

都合よく記憶してたんだ。

桃子。

趣味が同じで、気楽に話せる幼なじみ。

日常そのものの、ある意味、空気のような存在。

良くも悪くも、互いに気を遣わない、腐れ縁の幼なじみ。

あんたの好きなことで話できなきゃ——意味ないじゃない‼

………なんてこった。

見ていた世界が変わってしまう、衝撃だ——。

7.

「大ニュース‼」

休み時間、白兎がやってきた。

「『タケミカヅチ』に隠れオタ疑惑！　スマホから声優の着ボイスが流れたんだってよ！」

「……へえ」

「しかも女性声優だと！　会長、女なのに、こっち側ってことだよ」

「……うん」

「いやー、あのタケミカヅチがお仲間だったとはなぁ。やべえ！　好きになりそう！」

「……そうか」

「……って」

「…………………」

「どうしたんだよ、春彦？」

「！　――え、何？」

「来てからずっと、ぼーっとしてるよな？」

「そ、そうか？」

「小河と、なんかあったか？」

「な、なんで桃子が出てくんだよ……」

「ずっと目、合わせてねーし、明らかにおかしい」

「………」

「ケンカでもしたか？」

「いや、そういうわけじゃない」

そう。

「心配しないでいい」

ただ——混乱してるだけなんだ。


店が超ヒマだったから、バイトを早く切り上げられた。

「………」

必然的に、俺と桃子は同時に店を出た。

超気まずい。

「……どうする？」

仕方なく、話しかける。

「……どうするって」

桃子も落ち着きなくもじもじして、

「スーパーに寄って帰る？　……いつもどおりに」

「あ——そ、そうか。だよなっ……」

いつもどおりのことすら浮かばないくらい、ぎこちなくなってるのか。

「じゃあ行こうぜ？」

「春彦、そっち、道ちがう」

「あ」

俺はギシッと立ち止まり……

「……ま、まぁいいじゃん。こっちからでも行けるし」

「〜〜〜〜〜〜〜〜」

桃子は声にならない唸《うな》りを上げ、

「あーもうっ！　違うって言ったでしょ⁉」

爆発した。

「たしかにあんたに合わせて嘘ついてたけど、昨日言ったのはそれだけのことっていうか……だから、べつに深い意味はないんだからね⁉」

……おもいっきし逆効果っすよ……。

「お、おう」

………なんだろう。

いま感じてることを、まだ言語化したくない。


姫小路は賑わっていた。

本来の上がりの時間だったら店終いに入ってるんだけど、まだどこの店も活気づいてる。

「あ、かわいい」

桃子が、ひとつの店に目を留める。

小さなショーウインドウに、和の織物で作られた、がま口財布が飾られていた。

女の子向けの、ハイカラな小物屋といった感じだ。

「こんなお店あったんだね」

歩きながら、桃子が過ぎていくウインドウを目で追っている。

俺はべつになんとも思わないが、桃子はかなり興味を引かれているらしい。

…………。

俺は、足を止めた。

「……見ていくか？」

「えっ？」

「見たいんだろ？」

「……いいの？」

俺がショッピング的なものに付き合わされるのを嫌うことを、桃子はよく知っている。

でも――。

「いいよ、べつに」

なぜだか、無愛想な言い方になってしまった。

「行こうぜ？」

「う、うん」

なんとなくだ。

桃子が今まで自分のオタク趣味に合わせてきたことも、ちらっとあったけど。

でも、なんとなく……

桃子の喜ぶ顔が見たいなと思ったんだ。


小物屋をじっくり見たあと、俺たちは姫小路の入口にある小さい商業施設でお茶を飲む。

テラス席で、なんか気取ってる感じでくすぐったい。

桃子は紙コップを口に当てながら、なんだか機嫌よさげににこにこしていた。

俺もそれで、なんかいい気分でラテをすすっていたとき。

桃子が、ふいに顔を上げた。

まわりを、きょろきょろする。

「どうした？」

「ううん、なんでも……」

俺もまわりを見たが、別に変わったところはない。

歯医者とかも入った地元寄りの施設だから、静かなもんだ。

「あたし、ちょっと」

桃子が席を立つ。

トイレだろう。二階に向かっていった。

俺は、紙コップのラテをちびちび飲みながら待つ。

……遅いな。

いじっていたスマホをしまい、席を立つ。

ついでに俺もトイレに行くことにした。

トイレの手前に来たところで、桃子が女子側から出てきた。

「じゃあ、あたし下で待ってるね」

「おう」
すれちがい、俺は男子トイレに入る。
ガチャッ！
俺が入るタイミングで、奥の個室が閉まった。
特に気にせず、小便器に向かう。ベルトを外し、ファスナーを下ろす。
そのとき、斜め後ろで個室のドアがけたたましく開いた。
振り向きざま、右わき腹に何かがかすめた。
硬くて薄い――銀色に濡れ光る金属。
ナイフ。
逸れた勢いのまま、刃先がタイルにぶつかる。
普通のナイフじゃない。軍用っぽいやつだ。
右わき腹に違和感。
肉が切れたのか、血が出ているのか、わからない。
脳が冷たく沸騰《ふっとう》した。
「――ぁあああああああああああああああああああッ!?」
逃げた。
わけもわからず、必死で逃げた。

8.　――予知当日――

公衆電話でアニメショップに連絡し、事件の可能性と不審者・不審物への警戒を促《うなが》した。

そして俺と桃子は今、前と同じくリビングにいる。

二度目の《予知》の当日。

俺たちの不安と恐怖は、先週の日曜日よりはるかに大きくなっていた。

それは、俺が先日トイレで殺されそうになったことによる。


桃子の予知に、あんな事件はなかった。


「……なんで……？」

桃子はずっと立ち直れずにいた。

「あたしの記憶に、そんな出来事はなかった。起こってたら――ううん、ほんの少しの怪しいことでも、あたしが記憶してないはず、ない……」

それに対する俺の答えは、ひとつだった。

「……変わったんだろ、未来」

そう。

「俺らは、ひたすら『本来と違う行動』を取ってきた。だから、未来が変わった」

それしかない。

「考えてみりゃ……当たり前のことだ」

「でも、じゃあなんで春彦が狙われるの……？」

わからない。

殺されそうになったあの日、俺は怖くて眠れなかった。

この二日間、いろんなことを考えた。

そして——《ひとつの可能性》に思い至った。

「犯人は、俺を狙ったんじゃないかもしれない」

「え……？」

「人違いかもしれないし、誰でもよかったのかもしれない」

それは、これまで起こってきたことに存在した、ある《共通項》だ。

「ビルの壁が『たまたま俺に』落ちてきたのと同じように、『たまたま俺が』狙われたかもしれないってことだ」

「……なに言ってるの？」

「考えてみたらさ、全部——俺なんだよ」

「ビルの壁が落ちてきたのも、俺の上。アニメショップも、俺の用事」

そして、今回のこと。

「お前は、桃子は——ただ近くにいて巻き込まれてるだけだ」

「………」

桃子は黙って聞いている。

「ビルの事故では、桃子が俺をかばって死んだけど……そのあと俺が死んでいないなんて、お前にはわからないだろ?」

この共通項の意味。

俺は、こういう仮説に至っていた。

「つまりさ……逃れられない宿命かもしれないってことだ。——俺の、死が」

桃子が何も言わないから、予想どおり部屋はしんとなった。

けど、意外だったことがある。

桃子の表情が——驚くほど穏やかだった。

「春彦、あたしと同じ状態になってる」

「え……?」

「ショックで、いろいろよくない想像しちゃってるのよ」

微笑みを浮かべ、俺をみつめていた。

「悪い妄想が止まらなくなってる」

「…………」

……たしかにそうだった。

死の未来を視た桃子と同じ状態。

たしかに、そうだ。

「逃れられない宿命（キリッ）。——だっておｗｗ」

桃子が、ばんばん机を叩く。

「あんた、そんな大層なもんじゃないでしょ」

「…………」

「なんか逆に、あたしの方が落ち着いてきちゃった」

桃子は髪をかき上げながら、

「あたしだって、そう。そんな大層なもんじゃない。だから一昨日《おととい》のことは、偶然の事故よ」

「…………」

「あんたを殺すほど恨《うら》んでる人なんて、いないでしょ？」

「……たぶん」

そのことも、さんざん考えた。

俺を恨んでる奴は……強いて言うなら、一人だけいた。
けど、いくらなんでも殺すほどとは思えない。
あいつが、そんなことをするとは、考えられなかった。
時計を見ると、9時10分。
予知の時刻まで、あと三十分だった。
「……でも、どっちにしろ困った」
未来が変わったのは、厳然たる事実だ。
桃子の予知に従い続けても、もはや安全とは言い切れないってことだ。
何が起こるかわからない。
だから俺たちは、先週と同じだけの恐怖心で時を過ごさなくてはいけなかった。
「大丈夫よ」
桃子が根拠なく言う言葉。
でも、言葉って大事だと思った。
「そうだな。大丈夫だ」
時が迫るごとに、俺たちは凝り固まっていき——
ソファの上で全方位に神経を尖らせ、すり減らしていった。
そして。

9時40分

予知された時間。

「…………過ぎた」

無事に、過ぎた。

桃子がそっとため息をつく。

俺はネットをチェックする。

イベントは、何事もなく開かれているようだった。

遡った書き込みを見ていくと、店員がチェックを強化したことが浮かび上がった。

俺たちの電話を警戒してくれたんだろう。どんな形にせよ。

「とりあえず、乗り切ったな」

「うん」

「……ほんとは、何が起こるはずだったんだろうね」

「さあな」

今となっては知りようもない。

ただ――

『ゲームの発売イベント』『ファンの行列』『硫化水素』。

……ろくでもないことしか思い浮かばない。

それより。

「……どうだ、桃子？」

「え？」

「前みたいに、新しい《予知》が入ってきたりは？」

「…………うん、無い」

「そうか」

俺は一呼吸置き、

「だよな」

終わった……。

そう感じ、すーっと力が抜けていく。

「さすがにな」

「うん」

「あー、きつかった！」

「ふふ。お茶淹《い》れ、

言いかけた桃子が、嫌な感じで硬直した。

おい。

　うそだろ。

「　　　　　　　　　　　　　　　　　　　　」

　桃子が、絶叫した。

　声のあまりの凄まじさに、俺は凍りつく。

　それはこれまでとはまるで違う、理性が蒸発した声。

　恐れや悲しみ、不吉、凶兆《きょうちょう》。

　そう、凶鳥。

　鳥の啼《な》き声のごとく。

　俺の心臓を突き刺した。

　そう、俺。

　俺だけが死ぬのだと、わかった。

「春彦……！　春彦おッ！」

「桃子っ――、」

「いやあっ！　なんで⁉　なんで……⁉」

　見えていない。

　桃子が視ているのは、今ここにいる俺じゃない。

「いッ――」

「桃子っ‼」

桃子の肩が、ぶるりと震えた。

俺はその肩を、そっと、支える。

「落ち着け……」

「……何があった？」

「……ぁ…………ぁ」

瞳から透明な涙が溢れて、落ちる。

「…………」

水でいっぱいになったコップを持ったときみたいに、俺は辛抱強く、待った。

「…………春彦が、死ぬ」

――。

「……殺される」

――――。

「……血だらけに…………あちこち刺されて…………転がッ、」

桃子は最後まで言うことができなかった。

シンクで、げえげえと吐いた。

四章　死路

1.

水の止まった静けさが、部屋の隅々まで響き渡った。

「…………」

それきり動かない桃子《ももこ》の背中に、俺はそっと近づいていく。

声をかける寸前、気配を感じたように振り向いてきた。

「──っ」

俺の姿を目に映した瞬間、ぺたん──と、尻餅《しりもち》をつく。

まるで幽霊でも見たかのように腰を抜かし、こわばった表情で俺を見上げている。

その瞳から、また涙の粒がこぼれる。

桃子は顔を覆い、そのまま背を丸めた。

「………」

触れることのできない気配。俺は立ちつくし、みつめることしかできない。

桃子がふいに、顔を上げた。

バネのように立ち上がり、ぶつかるように抱きついてきた。

「だめ‼ だめ……っ‼ だめよ‼ ………だめよぅ‼」

「お、落ち着けっ」

「……ぅ」

……ぅぅぅぅうううううううううぅぅぅぅぅぅ……

もがき苦しむ猫みたいに。

肌から伝わるもので、桃子が普段とはまったく違う精神状態であることがわかった。

水を容《い》れた、薄い薄い、ガラスの器。

水の重さで、今にも割れようとしているような。

「………逃げよ？」

聞いたこともない、引きつれた声。追いつめられた笑み。

「逃げよ、今から。……が、外国。そう、外国！ 二人で！ 二人で、ねっ⁉ 大丈夫！」

二の腕をつかんでくる、桃子の指。桃子は、ぶるぶると震えている。

「二人で外国に行って、そこで静かに暮らそ⁉ ねっ！ 二人で暮らすの‼」

そんなにひどいことが、俺の身に起こってしまうのか――。

「落ち着け！」

引き離す。

「何があった⁉　何が視《み》えたんだ⁉」

自分自身の声に、驚くほど余裕がなかった。

殺される。

あのナイフの、寒気がする質感を思い出す――。

「教えてくれ！」

桃子を揺さぶる。

「じゃないと対処できない‼」

「――――」

桃子は時間が止まったように硬直する。

俺を見返したまま、瞬《まばた》きもせず。注がれた水が、ついに器から溢《あふ》れてしまったように
――

気を失った。

ソファで眠る桃子を、俺はぼんやり眺めていた。

ちょうど正午を過ぎた窓の外の麗《うら》らかさが、室内の空気と奇妙なほどにかけ離れていた。

桃子が
「起きたか?」

「………」

「話、できるか?」

「……うん」

なんとか落ち着きを取り戻していた。

桃子の語った事件の内容は、おおよそこういうものだった。

①死因は刃物による刺殺。
②発見場所は、市内の森。
③死亡推定時刻は、発見前夜。

つまり――明日。

「……前の夜から、春彦がいなくなってね」

桃子がソファにもたれながら、ぽつりぽつりと話す。

「電話もつながんなくて……心配だったけど、とりあえず学校に行って……そしたら、三時限の途中で、咲耶《さくや》ちゃんが駆け込んできて……」

俺の死体が発見されたと、警察から連絡があったのだ。

その身元確認のために咲耶は呼ばれて、桃子と一緒に殺害現場へ行った。

話がそこに及ぶと、桃子がまた一瞬、危うく揺らぐ。

「死亡推定時刻は、明日の夜なんだよな？」

俺は話を変えた。

「俺が出かけるとことか、見てないか？」

「……うん」

「晩メシはどうだ？　一緒に食ったのか？」

「……ごめん……《記憶》にない……」

「他に記憶してること、ないか？　警察は他に、なんて言った？」

「…………ごめん。記憶が、ぐちゃぐちゃになってるの」

「ぐちゃぐちゃ？」

「飛び飛びになってたり、表示だけで中身がなかったり……」

……それだけショックが、でかかったってことだろう。

「なんとか思い出してくれないか。大事なことだから」

「……なんで？」

「え？」

「明日、どこにも出かけなきゃいい話じゃない」

桃子は当たり前のように言った。

「無理に細かいことを思い出さなくても。………思い出したく、ないし」

わかる。

「でも、今回はそういうわけにはいかないんだ」

「……なんで？」

「明日の夜だけ避ければいいってわけじゃないかもしれない」

俺の脳裏に、ナイフのぎらつきが浮かぶ。

「俺、一昨日《おととい》、襲われただろ？　……同じ奴かもしれない」

桃子が、はっとなった。

「もし俺が……狙われてるんだとしたら、今回だけ避けりゃいいってわけじゃない。犯人を突き止めなきゃ――終わらない」

「…………そうね」

桃子の目に、少し力が宿る。

「がんばって、思い出してみる」

「………」

――三度目。

これで、三度目の《死の予知》だ。

……本当に、偶然なのか……？

前に固めた確信が、揺らぐ。

いや、でも――

『同じことの繰り返し』には、なっていない。

今回は、これまでの二回と、何もかもが違う。

場所は美凪じゃなく、日曜日でもない。たまたま遭った事故でもない。

死ぬのが俺だけで、その現場に桃子がいないというのも初めてだ。

起こっていることは、それぞれ、バラバラだ。

……ならこれは、偶然の連続なんだろうか？

二度あることは三度ある。その程度のことなんだろうか……？

なのにすごく……嫌な予感がする。

どうなってる？　俺たちに何が起こってる……？

もしかして……俺たちは、とても悲惨な出来事に巻き込まれているんじゃないだろうか。

「――……あ」

「……思い出したか？」

「春彦《はるひこ》は殺されたのは、別の場所だったって……」

「林じゃないってことか」

「うん」

「別の場所で殺されて、林に捨てられたってことか……」

まずいな。

どこで殺されるのかさえ、わからなくなった。

極端なことを言えば——この家で殺害される可能性すらあるってことだ。

「もうひとつ」

「なんだ」

「……犯人は、春彦に恨みを持ってる人の可能性が高いって」

「……なんで？」

「傷跡でわかるんだって。たしかに春彦、あんなに……——っ」

「大丈夫だ。……な？」

俺は桃子の肩に手を置く。

「あとは？　……ないか？」

「……ごめん」

「…………」
俺に殺したいほどの恨みを持つ人間。
そして、それを実行する人間。
改めてはっきりすると、それは想像以上に——怖かった。
寒気がした。
…………誰だ…………？
俺は誰かに対して、それほどのことをしてしまったのだろうか。
真剣に考えて……
あいつのことが、浮かんだ。
笹木《ささき》。
中学までの、俺の、大親友。

2. ——予知当日——

あいつとは、とにかく、ノリが合った。

中学のとき、同じサッカー部で知り合った。

文化系は格好悪い、みたいな気持ちでサッカー部に入ったことは、今でも間違いだったと思っている。

けど、あいつと友達になれたのが収穫だった。当時もそう感じていた。

笹木は明るくて、笑いのツボが似ていて、一緒にゲームしててもストレスにならない、バランスの取れた奴だった。

「近所のブラジル人のお姉さんのパンツ盗みに行こうぜ」と言いだすような、アクティブな奴でもあった。

ちなみに、パンツを盗むのは失敗した。

中二からはクラスも一緒になって、ますます仲良くなった。

……その友達関係が崩壊した原因は、高校受験だった。

あいつは橘《たちばな》学園——ここらで一番の進学校を志望していた。

俺は今の学校。

高校で別れるのは寂しかったけど、しょうがないと思っていた。

高校に行っても関係は続くと、あの頃、楽観的に信じていた。

橘学園の入試前日、俺はあいつを合格祈願に誘った。気持ちの助けになればいいと思ったのだ。

「ナイス」。あいつは二つ返事だった。

土地柄的にたくさんある神社の中から、勉学に御利益のある所を選んで、行った。

帰りにちょっと雪が降って、はしゃいだのを覚えている。

「これで合格だな」

「間違いないな」

「わからないけど、間違いないな」

……その翌日、あいつは熱を出した。

なんとか入試は受けたけど、結果は不合格。レベルの落ちる公立に行くことになった。

その日を境に、俺たちの関係は変わった。

俺は必死に謝って、あいつは「しかたない」と苦笑した。

けど、ものすごく行きたがってた学校だって、俺は誰より知っていた。

色々思ってるのは痛いくらい伝わったし、実際……

それ以降、俺たちが絡むことはなくなった。

卒業まで、地獄のような日々だった。

卒業式の夜、メールを出したけど——返事は、今日まで来ていない。


朝の六時。

俺たちは、笹木のマンションに来ていた。

確実にいるだろうタイミングで、あいつと会うためだ。

桃子は、無理やり付いてきた。

「こないだもそうだったけど、ここに来ると、アレ思い出す」

桃子が言う。

「『小河《おがわ》、春彦のカーチャンみてぇだ事件』」

「あれな」

中二の時、俺は、親父と喧嘩をして家出し、笹木の家に泊まった。

夜が明けて、笹木の家族にもなんとなく気まずい思いになっていたとき——迎えが来た。

桃子《こいつ》だ。

親でも咲耶でもなく、こいつが来た。

「あれは結構、ビビった」

「なんでビビるのかな」

え？　普通、あたしでしょ？　みたいに首をかしげる。

『ほら、帰るわよっ！』

きょとんとする俺を、容赦なく引きずる桃子。

笹木は大ウケしながら、言ったのだ。

「「小河、春彦のカーチャンみてぇだ」」

俺と桃子の声がかぶった。

……少し、二人で笑った。

「……笹木くんが犯人なの？」

「わからない。……けど、俺をすごく恨んでるって、あいつしか思いつかないから」

俺は息を吸い――

「話、してみる」

インターホンを押した。


待っている時間がじりじりと、長く感じた。

あんな別れ方をしてしまった相手。

自分を殺そうとしているかもしれない相手。

会って、最初にどうすればいいんだろう。

露骨な敵意、殺意を感じたら――どうしたらいいだろう。

犯人は、今日にでも俺を殺す奴なのだ。

この、待っている時間がずっと終わらなければいいのにと思い始めたとき――

エントランスから出てきた、影。

すぐに笹木とわかった。

けど、色々と変わっていた。

垢《あか》抜けていた。

中学の時は俺と同じく素材で勝負（婉曲表現）みたいな感じだったのに、髪も染め眉も剃って、すっかりイケメン風になっていた。身長も俺より高くなっていた。

俺の姿を見て笹木は、不安と警戒の混じった顔になった。

たぶん、俺もあんな顔をしてるんだろう。

「…………」

「…………」

「…………よう」

俺から声をかけた。

「………何？」

「いや……お前のことが気になったっていうか……」

——俺のこと、殺そうとしてるのか？

そんなことを聞くわけにはいかない。わかってても、こういう嘘をつかなきゃいけないのはキツかった。

「今さらだけど、改めて謝りに来たっていうか……——ごめん」

深々と、頭を下げた。その気持ちは、本物だった。

「俺のこと……恨んでるだろ？」


「もう恨んでねーよ」


頭上に降ってきたのは、本当に軽やかな響き。

見上げると——笹木の顔に、ちょっとだけカエルに似た苦笑いが広がっていた。

懐かしい、と感じた。

宿題を写させてもらったとき。協力プレイで俺がヘマをやったとき。ブラジル人のお姉さんのパンツが盗めなかったとき。

いつも、この苦笑いを浮かべていた。

「たしかに高校に入ったときぐらいまでは、かなりイラついてた」

「…………」

「けど、勉強、一気に難《むずか》しくなっただろ？　今の学校でも、中の上がやっとでさ。橘行ったら、落ちこぼれてたと思う。だから、結果オーライだ」

「でも――」

「それにな、まこちと会えたから」

「まこち？」

「……カノジョっ！」

――。

「超カワイイんだぜ⁉　あ、写メ見る⁉」

答える前にスマホを取り出す。

「ほらほらっ、どうよ⁉」

画面に、チアリーダー姿の超可愛い女子が映った瞬間――

俺の笹木に対する罪悪感が、あとかたもなく晴れた。

「チア部でさ、お菓子作りが趣味で、よくクッキーとか焼いてくれるんだ！　あ、撮ったやつ見せてやるよ！」

いらねえ。

「あ、これは、おととい佐保姫様の前で撮ったツーショットな！　んで……」

ウザすぎる彼女自慢がしばらく続いた。

「だから、今の学校に来たのは運命だったと思っている‼」

「……そうか」

それは何よりだ。

「——だからさ、逆に俺が謝りたかったんだよ」

「え？」

「お前はずっと気にしてるんだろうなって、わかってたから」

「………」

「オレの方こそ、悪かったな」

こういうことを、はっきり言える奴だった。

だから、ずっと、友達だった。

俺と笹木は、照れ笑いで向き合う。

こじれていた関係が回復したと、はっきりわかる瞬間だった。

笹木は犯人じゃない。

俺は、断言できる。

早朝の肌寒さがだんだんなくなり、風に潮の匂いが混じるようになってきた。

桃子は、いつのまにか少し離れた場所で俺たちを見守っていた。

このへんの距離感の取り方は、ほんと安心できる。

「……で、お前はどうなんだよ、小河と？」

笹木がふいに小声で聞いてきた。

「桃子？」

「……相変わらずっぽいな」

笹木は桃子を一瞬見たあと、こそこそと――

「忠告しとくぞ。……あいつ、半端なくモテるからな」

「……桃子？」

「決まってんだろ。中学の時、告白されまくってたんだぜ？」

「え⁉」

「しっ」

……桃子が？

「ウソだろ？　俺、一回も聞いたことねーぞ？」

「そりゃ、言わなかったんだろ」

「なんで？」

「知らねーよ。なんとなくでわかれよ」

「でも、それっぽいことも全然なかったし……」

「いや、お前、内田《うちだ》に嫌われたじゃん」

「――!?」

中三のクラスメイト。

そういえば、急に嫌味とか言われるようになった。

当時は、なんで嫌われたのかわからなかったけど……

「他にも、本田《ほんだ》と長谷部《はせべ》も」

かつてのクラスメイトの名が、次々と。

「…………」

言葉が、出ない。

「なんでお前、そんな知ってんだ……？」

「だいたいの奴は知ってた」

あっさりと言う。

「小河に告《コク》ったとか、振られたとかの情報は、お前だけハブられてたんだよ。小河の意志もあったし、振られた奴は、お前にそんなこと知られたくねーよ」

「…………」

「告るまで行かなかったけど好きだった……って奴を合わせると、絶対かなりの数になるぞ。お前はそいつら全員に、大なり小なり恨まれてる」

なんで？　と聞こうとして、さすがに気づいた。

そうだ。

俺と桃子は、まわりからよく、そんなふうに見られたもんな。

「ちなみにオレも、偶然パンツを見たとき小河を好きになりかけた」

なんとなく、ぶん殴りたくなった。

3.

『お前はそいつら全員に、大なり小なり恨まれてる』

笹木の言葉が、意識の中で何度も繰り返された。

『あいつ、今でも絶対モテてる』

『確信だよ。引力出てる。オレは前より、そういうのわかるようになったんだ』

『なぜなら――大人になったから』

最後に、一番の爆弾発言を残した。

「…………」

脳裏に、忘れていた場面が次々に浮かんできている。

そういえば、廊下ですれ違いざまとか、いきなり睨まれたり、舌打ちされることがあった。

顔を知ってる奴もいたし、まったく面識のない先輩もいた。

理由もわからなかったから、なんとなくで乗り切ったけど……。

「笹木くんと仲直りできてよかったね」

桃子が笑顔を向けてくる。

「ああ」

それは素直にうれしかった。

「最後、あたしの方見て、なに話してたの？」

…………。

笹木は、こんなことも言っていた。

『お前が小河のモテオーラわかんないのってさ……やっぱ、あれじゃねーの』

『身近すぎるから……ってやつ』

「……なあ、桃子」

「ん？」

「お前……モテんの？」

「………え？」

桃子はあからさまに視線を泳がせ、

「そんなこと、ないけど？」

「内田に告られたんだろ？」

「――っ」

「あと、本田と長谷部にも」

「……笹木くんから？」

疑ってたわけじゃないけど、本当だったか——。

「なあ桃子、聞きたいんだけど」

『お前は、そいつら全員に、大なり小なり恨まれてる』

「今まで、何人ぐらいに告られた？」

「……。………なんでそんなこと、聞くの？」

「それ関係で俺を恨んでる奴がいっぱいいるって、笹木に言われたんだよ」

「……あ……」

「そうだ。もしかしたら、その中に——犯人がいるかもしれない」

流れで出た言葉だったけど、何かをつかんだような感触があった。

「…………」

桃子は、ふっと空を仰《あお》いだあと、自分の右手をみつめる。

人差し指が立つ。——一人。

二人、三人、四人、五人。

——え。

左手に移った。

——おいおい……。

二ケタを突破し——二度目の往復に入った。

………マジか………。

「……あれは入るのかな……？」

なんかつぶやいてる‼

「ねえ、春彦」

「お、終わったか……？」

「メールとかも入るの？」

………。

「は、入るんじゃね？」

「……。……あれ……間に誰かいた気がする……」

忘れるほどいるの⁉

しばらく苦悶《くもん》したあと——

「………三十二人」

五ビット《bit》もいた。

「……そんなに、いるのか」

正直、圧倒されていた。

桃子に対する認識がガラリと変わってしまいそうな衝撃だった。

「じゃあ……全員はわからないか？」

「ううん、大丈夫。みんな知ってる人。ぜんぜん知らない人からっていうのは、一回もなかったから」

「そうか……みんな知ってる人、か……」

なんだろう。

この、胸がざわざわする感じ。

鼓動が、緊張してるみたいに速くなる。

「……あのね」

「！　な、なんだ？」

「実は今日も……呼び出されてる」

俺たちは、駅前の時計広場にいた。

「ここで待ち合わせなのか？」

「うん」

相手は男鹿《おが》といって、友達の兄らしい。何度か家に遊びに行ってるうちにアプローチを受けたという。

ちゃんと断ったのだが、それからもしつこくメールしてくるらしい。

「友達には言ったのか？」

「言ってない」

「なんで」

「友達と変な感じになるの、イヤだったし……あたしがスルーしとけば、いいかなって」

だが、最近になってメールの頻度《ひんど》や内容がどんどんひどくなってきた。

俺もさっき読ませてもらったけど——正直「ヤバい」と感じた。

それで、桃子がどうしようかと悩んでいたところに、さっきのやりとりが来たわけだ。

「なんで黙ってたんだよ」

俺はちょっと怒った。

「ちゃんと相談しろ」

「う、うん。ごめんね」

なんで怒ったのに嬉しそうなんだよ。

桃子のスマホが震えた。

「もう着くって。……じゃあ春彦」

物陰に隠れるよう、促してくる。

「一緒にいた方がいいんじゃないか？」

「あたしに告白してくれて、そのお返事なんだし……失礼だよ」

妙にしおらしい表情をする桃子に、俺は少し、モヤッとした。

「ヤバかったら、行くからな」

「うん。お願い」

わきの、細い路地に引っ込む。

ほどなく、一人の男が桃子の前に来た。

――うわあ。

系統だけで言うと『ガイアが囁いてる』感じの奴。

自分だけ楽しんで、他人の目線は無視してるファッションっていうか……

しかもセンスが根本的に無く、ちぐはぐで、はっきり言って痛い感じだった。

「このジャケ、似合うっしょ？」

開口一番、ナルシスト全開だった。

「店入った瞬間、店員に『こういうの好きですよね？』って見せられて。え、なんでわかんの？　みたいなｗ」

「あはは……」

桃子は愛想笑いし、

「──それで、あの、」

「あーマジのど渇いた。そういやオレ、朝、水飲んでからなんも飲んでねーわ。ジュース飲もうぜ？」

「は、はぁ」

男鹿が、そばにあった自販機でジュースを買った。

「ほら、モモッピも買えよ？」

「あ、はい」

って奢《おご》らないのかよ。あと、そのあだ名寒すぎる。

桃子が自販機でお茶を買う。

………なんか、妙にイライラしてきた。

「んじゃ、行くべ」

「え？　どこ──きゃっ！」

桃子の手をつかんで、引っ張りだした。

俺が思わず出ていこうとしたとき──

「ま──待ってください！」

桃子が踏みとどまった。

「ア？」

いきなりの低い声に、桃子が一瞬びくっとなる。

けど、次の瞬間、つかまれた手をふりほどき――頭を下げた。

「すいません、お付き合いすることはできません。今日は改めて、そのことを伝えに来ました」

「……。ちょっ、待てよ」

キムダクのモノマネなのが、一段と寒かった。

「ナンデ？　なんでよ？」

「すいませんっ」

男鹿が、また桃子の腕をつかんだ。

「――ッ⁉」

「いーから行こーぜ」

目が、不吉に据《す》わっている。

「今日、車乗ってきたから。ドライブ」

引きずられる桃子の姿に――俺はカッと血が昇った。

「待てっ‼」

「……ハ？」

近くで見ると、けっこう迫力があった。

「何、オマエ？」

ナイフみたいな、暴力の気配。

でも、怒りのせいで少しも怖くなかった。

「こいつの、幼なじみだ」

ちょっと間抜けなセリフだ。笑われるかと思ったら……

「あー……オマエが」

俺のこと、知ってるのか？

「オマエ、関係ねーだろ」

不快そうに言ってきた。

……イライラする。

桃子の手を「オレの物」みたいにつかんでるのが、イライラする。

「手、放せよ」

「オマエ関係ねーし」

「桃子、断っただろ。付き合えねーって」

男鹿の頬が、ヒクッと引きつった。

「一回断ったのにしつけーから、しょうがなく二回目、言いにきてやったんじゃねーか」

男鹿が、桃子を見る。

「俺に相談してきたんだよ。そこで見てた」

「……ッ‼」

男鹿が手に力を込めたんだろう。握られた桃子が、顔をしかめた。

「……い、痛いっ！」

瞬間――頭の中が弾けた。

「放せよッ‼」

俺は腕をつかみ、力尽くで引っ張る。

「ッ――てめッ‼」

男鹿の眼がトカゲのように裏返った。

次の瞬間、俺の頬に重い衝撃。――殴られた。

「いやあああっ！」

桃子の悲鳴。鼻の奥に鉄の臭い。

「桃子にさわんじゃねーよッ‼」

男鹿の腕を引きはがす。

俺の腹に、どすんと男鹿の膝がめり込んだ。

「……ぐ……ッ」

苦しい。――が、こらえて、男鹿の脚をつかむ。

「てめッ」

「近づくんじゃねえ‼」

力いっぱい持ち上げる。

「俺の桃子に二度と近づくんじゃねえええええええええええええええええええ‼」

男鹿が倒れた。

カチャンッ。

男鹿のジャケットから、何かが落ちた。

　　　　　　　　　　　　　　　　　　　　ナイフ。

明らかに日用品ではない、軍用ナイフ。

——え。

ナイフを見た男鹿の眼に、凶暴な光が宿る。

野次馬が騒ぐ。みんな足を止め、注目していた。

「………ッ」

男鹿はナイフをしまい、立ち上がる。

俺は桃子を守るように、男鹿の前に立ちふさがった。

「……」

爬《は》虫類《ちゅうるい》に似た眼が、俺を睨む。

「…………オマエ、ムカツク」

ぼそりと、低いつぶやき。人らしさが欠落した、怖ろしい響き。悪寒《おかん》がした。

男鹿は、粘ついた視線を、俺にこすりつけるように背を向けていく。

「…………」

遠ざかっていく背中を見ながら、俺は確信した。

――――あいつだ。

「大丈夫、春彦⁉」

「ああ……なんとか」

蹴られた腹が、ちょっと痛むくらいだ。

まわりの野次馬にも大丈夫なことを目でアピールすると、ぱらぱらと散っていった。

「………ねえ、春彦………」

桃子も、さっきのナイフを見たんだろう。

「……もしかして……」

「……ああ。たぶん……」

俺は今夜――あいつに殺される。

「さっきの流れは、予知どおりか？」

「………わからない」

「何か、思い出せないか？」

ぐちゃぐちゃになっている《記憶》を。

このまま、あいつから逃げ続けるって選択肢もある。

けどもし、事件のことがもっと具体的にわかったなら……

「――――あ」

来たか⁉

「現場に来たパパが……泣いてる」

桃子がつぶやく。未来《とおく》を視ながら。

「『オレが春彦を呼び出したせいだ』って」

「オッサンが、俺を……？」

「前の夜に……店に呼んだって。でも……来なくて……」

……じゃあ、つまり……。

「……警察の人に話してる。電話したのは、夜の八時過ぎ。お店を閉めたあとだって」

桃子は予知に引きずられ、沈んだ顔になっていく。

「九時になっても来ないから電話をかけたけど、春彦は出なかった。警察の人は、その間の一時間が死亡推定時刻だろうって……」

「…………」

間違いない。

オッサンに呼ばれて、店に向かってる途中――

そこで、俺は殺されるんだ。

「春彦……」

……このまま逃げ続けるって選択肢もある。

けど、襲われる時間と場所の範囲が、はっきりとわかったんだ。

この《予知》を利用して、俺は――

『ここで終わらせる』って選択を、取ろうと思う。

4.

渋谷で買い物をして、戻ってきた。

スタンガンと、防刃《ぼうじん》ベスト。

護身グッズの専門店で買ってきた。

防刃ベストは五万円もして、買うのをためらったが、桃子から金を借りて買った。命がかかってるんだ。五万をケチってる場合じゃない。

武器には催涙《さいるい》スプレーや特殊警棒もあったが、選んだのはスタンガンだ。

ネットで下調べしたときは催涙スプレーがよさそうだと思っていたのだが、店員にダメ出しをされた。

背後から不意を突かれたり、接近戦になった場合、スプレーはまず使えない。しかも液が数秒しか出ず、外したら終わりだと。

その点、スタンガンは遠近両方で使える。

まずスパークの光と音、それで発生する臭気も威嚇《いかく》になる。そして接近戦でも、相手の体のどこでもいいから、押しつければいい。

『服の上からだと効かないって、ネットに書いてたんですけど……？』俺がそう訊《たず》ねると、

『それは玩具《おもちゃ》だ。ウチのは違う』

店員は、いかに玩具同然のスタンガンもどきが出回ってるかをキレ気味に語り、お薦《すす》めの逸品《いっぴん》を誇らしげに出してきた。

『これなら、冬物のコートの上からでも効く。一秒当てれば充分だ』

九十万ボルトのペンタイプ。価格は約一万八千円。

防刃ベストと合わせて、税込み六万八千百十円。

これが命の値段だ。


部屋で待っていると、白兎《はくと》からメールが来た。

『ターゲットが、自宅から出た』

男鹿の行動だ。

白兎には、男鹿をマークしてもらっていた。

俺が、桃子との絡みでシャレにならないレベルで狙われていることを打ち明け、協力を頼んだのだ。もちろん、予知うんぬんは隠して。

これからやるのは、今後狙われないようにするための撃退作戦だと白兎には伝えている。

「真智《まち》くん？」

桃子が聞いてくる。

「ああ。家、出たって」

『**駅の方に向かってる**』

メールを見ていたとき、通話着信。


【オッサン】


——きた。

「……はい」

『？　どうした。寝てたか？』

「あ、いや。——なんだよ、急に？」

『今から出てこれるか？』

どくん、と心臓が鳴る。

「……なんで？」

『……まあ、オメェに話したいことがあるっつーか……。とにかく、店に来い。じゃあな』

通話を切った。

振り向くと、桃子も緊迫した表情になっている。

――これで、事件の全貌《ぜんぼう》が見えた。

俺が今から店に向かう。その途中、男鹿がたまたま俺を見かける。

俺が通ろうと思ってる店へのルートには、人気《ひとけ》のない裏路地がある。夜の八時過ぎ、観光エリアは本当に人がいなくなる。

あそこで起こるんだ。

俺は男鹿に、刺し殺される。

もみ合った末に弾みで？　最初からそのつもりで？　いや、そんなことはどうでもいい。

俺は、防刃ベストを着た。

慣れない繊維の肌触り。存在感。その上に、ブルゾンを羽織った。

『装備した』――そんな感じがした。

そして、スタンガン。

太いマジックより、ちょっと長いくらいの形。スイッチを入れてみる。

ダタタタタッ！

異質で凶暴な音に、俺も桃子もビビった。これは明らかに『武器』だ。

ブルゾンのポケットに入れる。なんだかとても心強い感じがして、テンションが上がった。原始的な本能が刺激されていた。

「……ねえ、春彦」

桃子が何か言いかけて……やめる。

どうしても、やらなきゃいけないの？　目が言っていた。俺の身を案じてるんだ。

平和的に話し合う。それも考えた。けど、通じる相手とは思えない。

現行犯で返り討ちにして、警察に逮捕してもらう――それがベストだ。

そうしないと、あいつにこの先ずっと怯え続けなきゃいけなくなる。

だから、あえて襲わせる。

それができるのは、未来が予知できている今回しかない。

「怖いけどさ……俺にとっても、こうするのが一番安全なんだよ」

「うん……そうだね」

「大丈夫だ。白兎もサポートしてくれるし」

「……ごめんね」

「なんだよ」

「あたしのせいで………こんな……」

桃子が深刻にヘコんでいた。

「それは違うぞ」

「……え？」

「お前は逆に、俺をずっと守ってくれてたんだよ」

そう。

俺は、桃子の予知について、ひとつの『答え』に至っていた。

「お前の予知な、たぶん……俺を守るために出てきたもんじゃないか、って思う」

「あんたを守るために……？」

俺はうなずく。

「最初は、お前の命を守るものだって思ってたけど……今回、お前の死は予知されていない。今回の予知で、お前はまったく命の危険にさらされていない」

それは大きなポイントだった。

「さらされているのは俺だけだ。お前は、まったく関わっていない」

桃子の瞳が、見開かれていく。

「入ってくる《未来》の範囲もそれを証明してる。前までの予知は、どっちも日曜までの期間だった。だからそういう法則だって可能性もあったけど……今回は火曜まで。たったの二日間」

そう。それは——

「ぴったり、俺の死亡事件が発覚するタイミングまでだ」

「……たしかに……」

「お前の予知は、俺の危険を報《しら》せるためのものだったんだよ。つまりお前の——『時を超えた世話焼き』だ」

「……え？」

「俺に『危ないから、あれしちゃダメ・これしちゃダメ』って言うためのさ。お前がずっと、そうしてきたように」

　俺はわざとらしく肩をすくめて、

「お前らしい――世話焼きな能力だ」

「…………」

「能力名は《時をかける世話焼き幼なじみ》だな」

「なによそれ」

　桃子が苦笑する。ほんの少し、空気が和《やわ》らいだ。

「――三回目。さすがにこれで終わりだろ」

　俺は立ち上がった。

「未来からまで世話焼き続けられてちゃ、たまんねーからな」

　俺は――

「じゃ、行ってくる」

　家を出た。

5.

『ターゲットが、東口に出た』

白兎のメールに、緊張が走る。

俺ももうじき東口に出るところだった。

連絡トンネルをくぐり——東口に出た。

この瞬間、俺は男鹿に発見されたかもしれない。鼓動が速くなる。

男鹿や白兎の姿を探したくなるのを我慢して、歩く。自然に、普段どおりに。

姫小路《ひめこうじ》の鳥居から離れた、細い裏路地に入っていく。

まるで、丑三つ時の静けさだった。

ひんやりとした夜気《やき》が、うっすらと全身にのしかかる。

一歩一歩、進む。

暗く冷えたコンクリートの壁に、スニーカーの足音が反響する。

……男鹿は、どこから来る？

普通に、背後からか？

いや。隣の姫小路から、こっちに入ってくることもできる。

なら、横から襲ってくる可能性もある。
正面に回りこんでる可能性もある。
でも、振り返ったら駄目だ。
きょろきょろするのも禁止。
前だけを見て、なにげないフリをして歩き続けろ。
心臓が、下から氷柱で刺し通されている感覚。
………落ち着け。
白兎がいる。
襲われる直前に、白兎が大声を出して止めてくれる手筈だ。
大丈夫。危険はない。
胸が破裂しそうになるのをこらえながら、歩く。
一歩、一歩。
ポケットでケータイが震えた。
「――ッ⁉」
………脅かすなよ。
ちょっと迷ってから、届いたメールを開いた。
『ターゲットが、ツレの車に乗って逆方向に行った』

――――――え？
『**もう見えない。……どういうこと？？**』
なんでだ。
タイミング的にはもう、こっちに来てないと間に合わない。
俺が店に着いてしまう。
俺が何か間違えたのか……？
いや、そんなはずはない。
オッサンが電話してきたんだ。予定どおりに進んでる。
死亡推定時刻を考えても、俺が『今ここにいる』ことは正しい。
……………だとすれば。
結論は一つ。
男鹿は、犯人じゃ、なかった。
真犯人は――――別にいる。
もう、すぐ近くに――――いる。
頼みの白兎は、まだ東口にいる。
「………………………………………………………………」

地面が消失したような感覚に、膝が崩れそうになる。
どうする。
急いで白兎を呼ばないと。
いや、中止か？
中止だ。
こんな状態で続けるのは、危険すぎる。
今すぐ逃げ――……

闇が動いた。

笑うように、人間の生々しい動きで……歩いてきた。
右の脇道から、のろのろと迫ってくる。
駆け足になった。
黒い服を着た、人間。
俺は、信じられないぐらい、まったく身動きできなかった。
神経がただの糸になってしまったかのように、指先をピクリとさせることもできない。
相手の顔さえ認識できない。

仄白《ほのじろ》く浮かぶナイフだけが、やけにはっきり認知できた。

首を狙ってることも、わかった。

死ぬ

死ぬ
死ぬ
死ぬ死ぬ死ぬ死ぬ死ぬ死ぬああ俺————————……死ぬんだ。

背後から悲鳴。

俺は一瞬で、桃子だとわかった。

なんでここに……!?

「…………ッ…………!?」

犯人の息づかいが聞こえた。

彼はひどく、動揺していた。

緊張のレベルが落ちたせいか、相手の顔が、はっきりと認識できた。

知ってる奴だった。

こいつは————————————————————————

――――――――――――――――――――――――――――――――小河屋にいた。

常連客の、プログラマー。

「…………いや、やるんだ」

妙に大きな声の独り言。

「……たとえ憎まれようとも…………彼女を守らなくては…………悪でいい…………彼女のためなら悪になってもいいだろ？　…………覚悟を決めろよ…………？」

なんだこいつ。

恐怖と、相手の寒さに対するしらけた気分が半々で押し合ったとき、

「……あいつを……殺すんだ」

ギラギラと輝く眼で、俺を――捉えた。

相手が走ってくるのに、俺は何もできなかった。

刃の先端が、腹に刺さる。

頭が真っ白になった。

「うおああああああああああああああああああッ‼」

相手を突き飛ばす。

ナイフが振り下ろされる。

飛びのく。

スタンガンを取り出す。
相手が勢いのまま、ぶつかってきた。
ダタタッ！
電光が、見当違いの方向で弾けた。
相手の体に当てようとする。
手首をつかまれた。
刃を向けてくる。
腕をつかんで止めた。
力比べ。
押し、戻され、押し、戻され、
「……――――――――――――――――ぁあぁあッッッ！！！」
スタンガンを相手の腹に押しつけた。
衝撃音。
耳許で、相手の文字にならない悲鳴。
体中の水分を絞り出そうとするように縮こまる。
アスファルトにうずくまり、そのまま石化したように動かなくなった。

6.

男を、駆けつけた警官に引き渡した。
その段階になって俺は、重大な見落としに気づく。
警官は、本当に殺人未遂だと捉えてくれるだろうか？
ただの喧嘩レベルとして、すぐに釈放――ということになってしまうんじゃないか
……？　と。
しかし、その心配はなくなった。
「桃子ちゃんダメだ‼　クソてめえ‼　殺してやる！　殺してやるッッ‼」
自分から、ナイフを俺に向けたのだ。
警官の顔つきが一瞬で変わったのが、印象的だった。
ちなみに俺は、防刃ベストのおかげで無傷で済んでいた。
俺が身につけていた護身具についても、一昨日に襲われたことを話すと、思った以上に
すんなり納得してもらえた。

「……ぜんぜん気づかなかった」

事情聴取の帰り。あいつが桃子に惚れていた——それを知っての、桃子の言葉。

「それっぽい態度とか、なかったのか？」

「……いろいろ細かいことは言ってきた」

「細かいこと？」

「肌が荒れるから夜更かしするな、とか……髪をそれ以上長くしたら不潔だとか、店の外では短いスカート穿《は》くなとか」

「なんだそりゃ……」

「ね。保護者かよってね」

桃子が苦笑する。

「でも、そんな色々しゃべってたのか……？」

俺には、ずっと黙ってる印象しかない。

「あ、そうね。春彦がいるときは、何も言ってこなかったかも」

……ああ。その感覚は少し、わかるかも。

「ようするに、桃子が好きだったわけだ。で、俺が桃子とデキてる悪い奴に見えた……と」

「…………」

「…………」

なんだこの沈黙。

「……春彦」

「！　な、なんだ？」

「ごめんね、迷惑かけて」

「……い、いやっ、いいんだそれは……気にすんな」

また沈黙。

「……でも、あれだな」

俺はこんなことを言う。

「お前、変な男にばっか目付けられてんな」

「そ、そんなことない」

桃子はむきになって、

「今回は、たまたまよ。他の人は普通だし、いい人なんだから。それは本当」

「……そうか」

「…………」

「…………」

……それきり、言葉が途切れた。

翌日、オッサンと話した。

男があそこで待ち伏せしてたのは、電話の内容を店で聞かれたせいだろうと、謝られた。

そして、俺を殺そうとした動機について――

「そりゃ、あんだけ目の前でイチャつかれたらな」

「イチャついてねーよ」

「――ハッ」

鼻で笑われた！

「しかもオメー、他の子ともイチャついてたじゃねーか」

「他の子？」

「クラスの女子と、アキバ行くとかデレデレして。それであいつ、キレちまったんだろ」

「別にデレデレなんて……」

「ああん？　してただろうが！　中の一人に、『お、かわいい』みてぇなツラしてただろ」

「――!?　な、なんでそんな俺のこと見てんだよ」

「――!?　か、勘違いするなよ！　オレは別にオメーのことなんか、これっぽっちも気にしてねーんだからな!!」

キメぇ!?

「あの客は、近いうち出禁にしようと思ってたんだ。……まさか、ここまでやるとはな」

キモいツンデレ中年はともかく――これでわかった。

今回の事件は、俺が小河屋《ここ》でバイトを始めたせいだったんだ。

そうしなきゃ、あいつが俺に殺意を抱くきっかけは生まれなかった。

そして、俺がここでバイトをしたのは『本来と違う行動』を取り続けた一環《いっかん》だ。

やはり、行動を変えたことで生まれた――変化した未来だったんだ。

ちなみにオッサンが俺を呼び出した理由は「桃子とはどうなんだ」的な話をするためだったらしい。実にくだらない。


朝。

桃子が階段を上ってくる音に合わせて、目が覚めていく。

体に染みついた条件反射だ。

いつもどおりに、ドアが開く。

「春彦――あ、起きてるか」

「……ああ」

「おはよう」

「ああ、おはよう」

桃子がカーテンを開けた。

「なあ、桃子」

俺は
「なかったか？」

「うん。なかった」

「そっか」

あの逮捕劇から、三日が過ぎた。

あれからもう、新たな《予知》は入ってきていない。

「終わったな」

「うん」

ちょっとした確認だ。大げさに喜んだりはしない。

今日までの間に、ほとんどそういう認識になっていたからだ。

これまで、新たな予知は必ず古い予知が「終わった」直後に入ってきていた。

それが、三日経っても無い。

うん。

終わった。

7.

「ほとんど真っ赤だね、佐保姫様」

「ああ」

俺は屋上で、桃子と弁当を食べていた。

「まだ散らないし」

「うん」

たしかに他の桜が散ってもなお満開で、かつ鮮紅色の桜はとても不思議で神秘的だけれど、それは俺たちにとって日常になりつつあって、あまり意識しなくなっていた。

それよりも俺は、桃子の中に発見した新たな一面に驚きを感じている。

「……あのね、春彦」

「ん？」

「……さっき、映画行こうって誘われた」

…………。

胸が、もやりと。

「デートの誘いか？」

「だと思う。……断ったけど」

……ほっとしてる自分がいた。

「誰?」

「……それは」

「ああ、ごめん」

たぶんクラスの奴だ。あいつじゃないかな、という目星もついた。

桃子がやたらモテることを知って以来、俺はその理由とかを意識して観察するようになった。

だから、わかる。

「勘違いされないように気をつけてるつもりなんだけど……」

と桃子は言う。こいつなりに考えてはいるみたいだけど……防げてるとは言い難《がた》い。

俺は俺なりに、こいつがモテる理由を見つけていた。

それは一言で言うと……「リアクションの良さ」だ。

男子のいじり、ネタ振りにいちいち乗ってあげている。

そして、クラスで目立たない非リア男子にも分け隔《へだ》てなくやさしい(これはリア充男子にも好感度が高い)。

料理が好きで、家庭的。意外にオタクっ気があると思われている(『意外に』がポイント）。

……そりゃ、モテるわ。

意識してみて、驚いた。

こいつ、とんでもないモテキャラなのだった。

「どうしたの？」

「いや……」

俺は努めて平静な調子《トーン》で、

「しょうがねぇよ。お前、モテると思うもん」

「え……」

「いや、マジでさ」

「…………」

桃子がうつむく。

「……断るの、申し訳なくて、けっこうストレス溜まる」

「だろうな」

「それからずっと、気まずくなるし」

「うん」

桃子が、ちらっと俺を上目遣《うわめづか》いしてきた。

「……えっと」

また、目を伏せる。何か言うのを躊躇《ためら》うように。

「なんだよ」

俺は我慢できずに聞いた。

「……彼氏できたら……そういうことも、なくなるのかな……」

――――。

心臓が跳ねる。

その意味を鈍感《どんかん》さでスルーするには、これまでにいろんなことが起こりすぎていた。

「…………」

「…………」

空気が一瞬にして変わっている。その絡みつきが俺に――変な汗をかかせる。

「……ねえ、春彦」

「ご、ごちそうさまっ！」

俺は立ち上がり、弁当箱も持たないまま小走りで鉄扉をくぐり、階段を駆け下りた。

「…………」

何やってんだ。

なに逃げてんだ俺⁉

考えるより先に、体が動いていた。
いや、違う。
考えは、あった。
脊髄《せきずい》反射のように、一瞬。

〝怖い〟

踏み出してしまうことが、怖かった。
桃子との今までの関係が変わってしまうのが、怖かった。
『ところでお前――桃子とはどうなんだよ？』
昨日したオッサンとの会話が、脳裏によみがえる。
『話したかったのは、それだよ』
『あいつの気持ち……気づいてねーとは言わねえよな？』
『そのへんについて、お前にははっきり聞いとこうと思ってな』
『どうなんだ？』
…………………。
やめてくれ、やめてくれ。
そんな急に、変わらないでくれ。
突きつけないでくれ――。

8.

放課後、白兎に誘われ、漫研を見学することになった。

白兎がゲームのオフ会で、そこの部長と知り合ったのがきっかけだ。

「いやー、誘っといてあれだけど、来るとは思わなかったぜ」

「なんで」

「だってお前、最近、小河とばっか一緒にいたじゃん」

「…………」

「てっきり、もうそういうことなんじゃねーかって思ってたけど」

「たまたまだよ」

正直、俺が白兎の誘いに乗ったのは、桃子を避けたいって部分が、かなりあった。

「おう、あそこだあそこ」

三階の空き教室の一つに、漫研の部室が割り当てられていた。

「ちぃ——ス！」

中央に寄せた机に、部員たちが座っていた。

男子四人、女子二人。

「よくぞ来た‼」

お誕生日席にいる男子が声を張った。

「お前たちに、世界の半分をやろう‼」

「竜王キタ――！」

「いきなり死亡フラグキタ――！」

「自分、平成生まれなんで」

部員たちがいっせいにレスする。

……俺、ついていけるかな。

「言ってたダチ、連れてきました」

白兎が俺の背中を叩く。

「あ……ど、ども」

「おう、ミッフィーからいろいろ聞いてるぜ」

ミッフィーっていうのは、白兎のハンドルネームらしい。

「同じリアル妹を持つ者どうし、そのろくでなさについて語り合おうじゃないか」

「あ、今すっげえ仲良くなれそうな気がしました」

「ハハハ！　まあ座ってドクペでも飲みたまえ！」

三年の部長さんは、豪快で包容力がありそうだった。

なんか、いい感じがしてきた。

「よろしくお願いしますね！」

隣の後輩女子が、明るく挨拶してくる。

「あ、うん、よろしく」

「今日は見学なんですよね？」

「うん、そんな感じ」

彼女の前には、Ｂ４のコピー紙が置かれていて、そこにいろいろ落書きしていた。

「うまいね」

「えっ、そんなことないです／／／」

「ベッキー？」

「あっ、『ラスメ』観てます？」

「もち。面白いよね、アレ」

「ですよねー！」

「ベッキーのおっぱいとお尻のムチムチがたまらんっ！」

ハアハア、とわざとらしく言う。

イラストでもたしかに、おっぱいとお尻が重点的に描かれていた。

「あ、自己紹介！　わたしは藤崎《ふじさき》です！」

「俺は、桜木《さくらぎ》」

「花道？」

「春彦だよ」

「あはは、そっかー！　改めてよろしくです、ハル先輩っ！」

……かわいいかも。

それから、今期アニメの話で盛り上がった。

藤崎は俺より広いジャンルを押さえていて、見逃してた面白そうなのを教えてくれた。

何より、面白いと思うポイントがかなり似ていた。

「ハル先輩、漫研入りましょうよ！」

藤崎が押してくる。

「そうだなぁ……でも俺、マンガ描けないし」

「関係ないですよ！　ここでちゃんとマンガ描いてるのなんて、未緒《みお》っちだけだし」

藤崎の向こうにいる、眼鏡女子。

こっちに興味を示さず、淡々とボカロのリズムゲームをやっている。

「藤崎も上手いじゃん」

「わたしは、たまにラクガキｐｉｘｉｖに上げるぐらいですねｗ」

「それでも、すごいよ」

「いやあw　いやあ／／／」

　藤崎はくねくねして、

「未緒っちはコミケ出してるんですよ！　前の冬コミ、完売だったんですから！」

「そりゃすごい！」

「………」

　未緒ちゃんのボタン操作がやたら速くなった。あれ完全にずれてると思うけどな。

「そんなわけで、未緒っち以外、まともにマンガ描いてないんです。けいおん部みたいなもんですよ」

「けいおん部はライブやってただろ。たしかに練習シーンはちょっとだったけど」

「そこですよ！　わたしも、ああいうマンガみたいに課程をスキップして上手くなりたいです」

「たしかにマンガの修行編とか、あっという間だもんな」

「そうですよ！　わたしも、二ページくらいで超パワーアップしたいですっ」

「二ページって、少ないなおい」

「げへへ。自分、怠《なま》け者ですから」

「何キャラだよ」

「げへへ……甘いものが好き。――って、そういう話じゃないんでしたっ！　ハル先輩、漫研入りましょうよ☆」

「……そうだな」

いいかもしれない。藤崎とは、話してて楽しいし。

「じゃあ──」

ポケットのスマホが鳴った。

桃子からの電話。

胸がキュッと痛くなって、一瞬、後回しにしたくなったけど。

俺は何か──予感のようなものがして、出ることにとした。

「ごめん、ちょっと」

席を立ち、廊下に出る。

「──どうした？」

『………っ』

人間ってすごい。

その息づかいの響きだけで、俺は……何が起こったのかわかってしまった。

それは、当たっていた。

死の未来予知が──復活した。

終章　連理の枝

1.

それから俺たちは、二度の《予知》をくぐり抜けた。

ひとつ、はっきりしたことがある。

これは《偶然》なんかじゃない。

桃子《ももこ》の予知が示す《死の未来》には不動のパターン、法則があった。

「桃子」

聞こえていない感じで、ぼうっとソファに座っている。

「桃子っ」

「――――え？　……あ、ごめん……ぼーっとしてた」

疲れてるんだろう。俺だって、実際キツい。

「今日は休むか？」

「ううん、大丈夫。それで……《法則》って、何？」

「ああ」

俺はバインダーを広げながら、

「俺は前に、これは偶然だって言ったけど……それは、間違いだった」

「………」

「桃子の予知は、今まで五回あったな？」

「……うん」

「その五回の内、四回は全部、まったく同じ出来事なんだよ」

「まったく同じって、どれも……」

そのとき、桃子が気づいたように「…………あ」とつぶやく。

「気づいたか？」

「………」

「共通してることを、まとめると……」

俺はルーズリーフに書き出した。

①　休日に
②　地元から離れた繁華街で
③　俺が事故に遭う
④　それに桃子が巻き込まれる

「同じだろ？　具体的に書くと……」

これまでの《予知》の内容

●1回目　日曜日。美凪《みなぎ》でビルの壁が剥落。俺をかばって桃子が死亡。
●2回目　日曜日。美凪のゲーム発売イベントでガス事故。俺と桃子が死亡。
●3回目　月曜日。花蒔《はなまき》の裏通りで、俺が常連客のプログラマーに刺殺される。
●4回目　GW。俺が中央区のイベントホールで階段転落。かばった桃子が死亡。
●5回目　GW。俺が池袋で交通事故に遭う。助けた桃子が死亡。

「最初と二回目の予知が日曜日。四、五回目はゴールデンウィーク期間で、どれも【休日】」

傍線を引く。

「場所も、最初と二回目が美凪、四回目は中央区、五回目は池袋で、どれも**【地元から離れた繁華街】**」

波線を引く。

「事故はビル壁の剥落《はくらく》、ガス事件、階段転落、交通事故——どれも**【偶然に起こったもの】**だ」

四角で囲う。

「そこに、たまたま居合わせた桃子が、俺をかばったり、巻き込まれたりして、死ぬ」

……言っていて、改めて感じる。

こんなの——偶然であるはずがない。

「……というわけだ」

桃子はじっと、俺の書いた字を見ている。

「起こってる事そのものは、まったく同じなんだよ」

「……この、三番目のは？」

「前にも話しただろ？　これは、予知を元に行動を変えたことで起こった副産物《イレギュラー》だ。その証拠に、他の四つと何一つ共通点がない」

その項目にだけ、傍線も、波線も、囲いも引かれてなかった。

「……わかっただろ？　同じ事が、繰り返し起こってるんだ」

「……そうね」

「桃子の予知を使って、何度も回避してきた。でもこうして、いつまでも同じ出来事が付きまとってくる」

…………。

「最近読んだ作品に、こんな考え方が書かれてた」

ここからは、俺にとってかなりきつい話になる。

「『未来は収束していく』って考え方だ」

まず、その話から。

「世界の流れは決まっていて、途中で多少の変化があっても、最後は同じ結果に収束していくっていう……『どんなコースを選んでも、ゴールは決まってる』って考え方だ」

ゆっくり、順を追って説明していかなくてはならない。

「今の状況に、ハマってると思わないか？」

「……解決策とか、書いてなかったの？」

桃子はまだ、俺の出す結論に気づいていないだろう。

「そういうのって大抵、運命を変えたりのハッピーエンドじゃない？　イメージだけど……」

「そうだな。その作品も、そんな感じのハッピーエンドだった」

「どうやったの？」

「過去にタイムスリップしてた」

「…………」

「あるメールの送信を取り消したり、初恋の相手と出会わないようにしたり……そうすることで世界そのものを変えるくらいの大きな分岐点《ぶんきてん》を修正していた。ようするに、過去に干渉《かんしょう》してその運命——《因果》が発生した大元の原因を取り除いていた」

「因果を作った原因……」

「もしかしたら俺たちの事も、因果を作った大元の原因があるのかもしれない」

あるのだろうか？

「そのきっかけ。過去の分岐点……それをキャンセルしたら、脱け出せるのかもしれない」

……でも、無理だよな？

「過去にタイムスリップなんかできないし……仮にできたとしても、原因がわからない。桃子はどうだ？」

「……その『原因』は、過去にしかないの？」

「それも考えてみた」

じっくり考えたんだ。

「過去じゃなく、現在進行形の原因なのかもしれないって可能性。つまり因果発生の引き金になる**《特定の条件》を毎回満たしてしまっている**んじゃないか、って可能性だ」

「……知らないうちに、同じことをしちゃってるってこと？」

桃子が聞き返す。

「それを満たしたから、死の因果が発生してるって……」

「そうだ。あるとしたら、なんだと思う？」

桃子は黙って首を振る。

「だよな。だって俺たち、今までさんざん行動、変えてきたもんな」

そうなのだ。

「お前の予知を元に、それを避けるために毎回、どれもまったく違う行動を取ってきた。予知ごとの行動を整理してみたけど……それらしい共通項がないんだよ」

俺は、ぐしゃぐしゃと頭を掻いた。

「…………ねえ」

「！　なんか思いついたか？」

「………。ごめん、なんでもない」

その桃子の態度が、少し引っかかった。

気づいたことを、自分の中だけで閉じ込めてしまったような。

「なんでも言っていいんだぞ？」

「……ほんとに」

「そっか……」

……これで行き詰まり。

けど——実は一つ、確実な解決策があった。

それが俺の用意した、この話の結論だ。

「終わらせる方法が一つ、ある」

「！　なに⁉」

「俺が死ねばいい」

桃子の反応が、数秒遅れた。

「……？」

「予知どおりに俺が事故に遭って死ねば、終わる」

「そ——そんなの、なんの意味もないじゃない！」

「お前は助かる」

「……え？」

「この因果の本質は『俺が事故に遭って死ぬこと』だ。お前の死は、含まれてない」

「……なに言ってんのよ、そんなわけない」

桃子は笑おうとして、失敗していた。

「だって、あたしも死んでる。むしろ、毎回死んでるのは、あたしの方じゃない」

「ほとんど『俺をかばって』だろ？　俺をかばうのは、あくまでお前の意志だ。何もしないでいることだって、可能なんだ」

そう。

「でも俺は違う。事故に遭うってのは強制だ。……この違い、わかるな？」

「…………」

「この因果の本質は……俺が死ぬことなんだよ」

そうなのだ。

「だから予知の当日、お前は家にいればいい。俺は予知のとおりに出かける。そしたら時間どおりに事故が起こって俺は死ぬ。お前は助かる」

この解決策の優れているところは、俺の予測が間違っていたとしても、まったく問題がないという点だった。なぜなら――

「俺がいなくなれば、どのみち今の因果は成立しなくなる」

ということが、間違いないから。

「構成するピースが欠けるわけだからな。それで、めでたく終わ――」

「やめて‼」

桃子が叫んだ。

「冗談でもそんなこと言わないでっ‼」

裏返った声が、耳に突き刺さる。その余韻《よいん》が夜の部屋に散り終えた頃――

「……大丈夫よ」

桃子が、意識的に抑えた声で言う。

「仮にそうだったとしても、あたしの予知で避け続ければいいだけの話。そのための力だってあんた言ったじゃない。でしょ？」

みつめてくるまなざしが、息を飲むほどに強い。

「……ああ」

たしかにそうだ。

この状態が続く限りはそれでいい。

やっぱり……死にたくはないからな。

でも――と思う。

予知の中で、桃子が常に巻き込まれてることが、とても気になった。

針のように刺さっていた。

なんとなくだけど――俺と桃子の、距離の近さ。

それが、この因果と関係しているような気がして、ならなかった。

……これからは、できるだけ桃子と一緒じゃない方がいいのかもしれない。

距離を取っていった方が、いいだろう。

そのとき。

「―――――――――――――――――――――――――――――」

もはや見慣れた、桃子の《受信》。

ずしりと胃が重くなる。

「……どんな内容だ？」

「………………あれ？」

桃子がずっと瞬きしないままつぶやく。

「え………………なんで…………………？」

猛烈に、嫌な予感がした。

「どうした？」

「…………視、え、な、い」

と。

「事故の記憶が、どこにもない……」

虚空に、何か探すようにしながら。

「金曜の朝までしか、視えない……」

「金曜の朝……？　前みたいに、ショックでノイズがかかってるってことか？」

「違う」

戸惑い、首を振る。

「真っ黒なの。何もないの。本当に、金曜日までの記憶しかない……」

――どういうことだ。

いつもなら、事故当日までの記憶が視えるはずだ。

法則に当てはめるなら、次の土日までの記憶だ。

それが金曜までってことは……

「……予知が、途中で終わってる？」

なぜだ。

真っ先に思いついたのは、かなり最悪の想像。

桃子の予知能力が――失われつつある？

「……春彦《はるひこ》……」

桃子が泣きそうな目で見てくる。くしゃりとして、もう少しで折れてしまいそうだった。

………どうする。

予知を使って運命から逃げ続ければいい――その希望が、無残に打ち砕かれようとしていた。

2.

予知が途中までだった理由が、まもなく明らかになった。

放課後、桃子に声をかけた。

「桃子、帰るぞ」

「………」

「桃子?」

席に着いたまま、ぼうっと黒板を見ている。

「おい桃――」

「⁉ッ」

いきなり、跳ねるように後《あと》じさった。

椅子が倒れる。

帰ろうとしたクラスメイトが、いっせいに振り返った。

「……………あ?」

桃子が間の抜けた声を出す。何が起こったのか、自分でわかっていない感じだった。

「……どうした？」

「…………」

テンポをいくつも遅らせて、ようやく俺に振り向く。

――なんだ……？

「帰ろうぜ？」

こくん……とうなずく。そのまま帰ろうとする。

「カバン」

「…………あ」

桃子が緩慢《かんまん》にカバンを手にする。

「教科書とか、いいのか」

「…………」

開きっぱなしのノートと教科書を、のろのろとカバンに収めていく。

授業が終わって、HRもとっくに終わったのに、ずっとそのままにしていたのだ。

なんか……ぜんぜんこいつらしくない。

見守るクラスメイトの空気も、だんだん緊張してきている。

「おいおい、どうしたんだよ？　しっかりしろよな」

あえて軽いノリで言いながら――本気で心配になった。

「……うん」

桃子が、ゆっくりとうなずく。

「……大丈夫」

それでクラスメイトは、心配そうにしつつも視線を外した。

――おかしい。

なんだろう。何か新しい予知でもあったか……？

俺はまわりに聞こえないよう、桃子の耳許《みみもと》で、

「なあ桃子、なんか予知が――」

「いやあッ!!」

悲鳴を上げた。

弾けるように退き、机にぶつかる。

「いやっ――やめて!!」

ヒステリックに頭を抱える。

俺を含む、教室全体が凍りついた。


桃子が来ない。

朝、いつも来る時間から十分以上過ぎていた。

何の連絡もなく十分遅れるというのは、桃子にはありえない。

さっきメールを出してみたが返信がない。電話を掛けても出ない。

「…………」

俺は昨日のことを思い出し、いてもたってもいられなくなり、桃子の家に行った。

階段を駆け上がり、ドアをノックした。

「桃子、入るぞっ」

開けた。

桃子は——そこにいた。

制服に着替えて、ベッドの上に腰掛けていた。

昨日と違って、いつもの落ち着いた様子に見えた。

ほっとする。

「どうした」

「…………」

振り向いてくる。

「——————」

俺を見た桃子の表情が、変な感じになった。……緊張？

俺は違和感を覚えつつ、

「学校行くぞ?」

「…………………は?」

「は?ってなんだよ」

「え……?　え…………?」

座ったまま、後じさる。

「……あの……?」

怯えたように俺を見ていた。初めて見る顔だった。

なんだこれ。どうなってる。

「お、おい……?」

「………誰で、で、すか?」

「…………え?」

「あなた…………誰ですか?」

3.

『急性ストレス障害』。

それが、桃子に下された診断だった。

自分自身や大切な人が、生命の危険にさらされるのを目撃する——そういったストレスで罹《かか》る心の病らしい。

ようは、ショックに対する心の避難だ。

現実感がなくなってぼうっとなったり、逆に、過剰反応をするようになる。

ひどい場合は、一時的な記憶喪失になる。


病室のベッドで桃子は眠っていた。睡眠導入剤の力を使って、だ。

オッサンによると、ここのところずっと眠ってない様子だったという。

『春彦が狙われたのが、ショックだったんだな』

オッサンは、そう納得していた。

医者も、どれだけ長くても一ヶ月で治るものですから、と穏やかに説明していた。

——違うんだ。
桃子がこんな状態になったのは、あの事件だけのことじゃない。
俺はひどい衝撃を受けていた。
なぜなら、このままだと……一ヶ月で治ったりなんかしないからだ。
最長でも一ヶ月ってのは、あくまでストレスの原因が取り除かれた場合だ。
取り除かれてなんかない。
死の予知は終わってなんかない。
このままじゃ、ずっと続いていく。
桃子の心がどれだけ逃げ続けても、《予知》は今後も容赦なく侵入《はい》ってくる。
そしたら……どうなる？
桃子の精神《こころ》は、どうなる？
桃子の人生は――――どうなる？
…………………粉々に、砕けてしまうだろう。
ぼろぼろになってしまうだろう。
清潔さと不潔さの入り交じった病室の臭気の中、俺が唇を噛んでいたとき……
桃子が目を開けた。

こっちを見る。

「………春彦」

名前を呼ばれた瞬間――ものすごく安心した。

誰かに……桃子に忘れられることが、とてつもなく辛かったんだって。

終わった今になって、こみ上げてきて……泣きそうになった。

「お、おぉ……」

ぎこちなく応えて、

「大丈夫か？」

桃子は何も言わない。

「病院だ。ここに来たときのこと、覚えてるか？」

「………」

「お前、疲れてるんだってさ。ストレス溜まってんだって。……当たり前だよな」

「………」

俺の顔に留《とど》まっていた視線が、なんの脈絡もなく別の所に移った。

……おかしい。と感じた。こっちの言葉が、まったく届いてない感覚。

「桃子」

呼ぶとこっちを向く。反応はする。

けど、なんか違う。

……本当は寝てるのに起きてるように振る舞う奴が、中学の友達にいた。

目を開けて動いたり、受け答えもするのに、どっかズレてる。

朝になって聞くと、本人は何も覚えていない。

あいつと話したときと、ほとんど同じ感触だった。

だとしたら桃子は今、夢を見ている状態なのかもしれない。

「……春彦」

「……なんだ？」

「うふふっ」

突然笑った。

「また言った」

「え？」

「『俺の桃子に近づくな』って」

会話がつながっていない。それでも一応、俺はつなごうとした。

「……いつ？」

「………。……言った」

だめだ。やっぱり寝ぼけてる。

俺の桃子に近づくな、か……そんな恥ずかしいこと言ったか……？

――――あ。

思い出す。男鹿とやりあったときだ。

『俺の桃子に二度と近づくんじゃねえええええええええええええ‼』

……………うわあ。言ったよ。


「二回目」

桃子がどこかうれしそうにつぶやく。

「二回目？」

「…………」

「……前にも言ったのか？　同じこと」

「…………。…………」

俺は会話を諦めた。桃子は寝ている状態なのだ。

「桃子、寝ような？　また明日だ」

中学の時の友達は、こう言って寝かせれば、そのまま眠った。

「もう寝ようぜ」

「言ったよ」

──。

「加藤《かとう》くんたちに、言った」

加藤？

……思い出した。たしかに、そんなことがあった。

小五の時だ。当時、桃子は『ピンク』とあだ名を付けられ、男子にからかわれたり、いじめられたりしていた。いま思うと、あの頃から桃子はモテ始めていたんだろう。

けど、何を発端《ほったん》としていても、いじめは単なるいじめだ。

掃除の時間、桃子にホウキが押しつけられたのを見て、俺はキレたんだ。

「……『俺の桃子に近づくな』」

桃子がふわふわした笑顔で繰り返す。

俺はものすごく恥ずかしい。『俺の』とか……なに考えてんだ。

「うれしかったなあ」

桃子が言う。

「しびれたよ」

……これはたぶん、こいつの独り言だ。

「胸の奥が突き刺されたような感じで」

寝ぼけているからこそ出る……

「『ああ私は、春彦のお嫁さんになるんだな』って思った」

自分自身に向けた、思い出話だ。

「……そうなるんだなぁって……」

それを俺はたまたま――聞くはめになっているんだ。

「だから、料理とか始めたの」

……そうだ。

たしかに同じ時期だった。

こいつがいきなり、マヨネーズとケチャップ入りの肉じゃがを作ってきたのは。

「最初はうまくできなかったけど、一生懸命がんばった」

……そうだ。

桃子はどっちかって言うと、要領が悪い方だ。

今みたいな家事万能キャラになるまでに、下手くそな時期がわりと長くあった。

がんばっていた時期があった。

すっかり忘れていた。

…………あれは、全部。

俺のためだった…………のか。

「がんばったんだから」

やっぱり桃子は、夢を見ている。

だからこんなにも、恥ずかしさとか、建前とか、そういうのが何もなくて……

妖精みたいな純粋な表情で笑ってるんだ。

「春彦」

いつのまに桃子は、はっきりと、俺を見ていた。

「……なんだ？」

「好き」

てらいもなく。

「あたし、春彦のことが好き」

まじりけのない、素朴さで。

写真に向けた独り言のように。

「……そうか」

「うん」

世間話にうなずくような、なにげない調子《トーン》で。

当たり前のことを伝えたような、まなざしで——……。

「えへ」

最後に、ふにゃりと笑顔になって……桃子はごく自然に、まぶたを閉じた。

病室のカーテンは、夕刻の光も音も、すべてをぼんやり曖昧にさせている。

そのふやけたやわらかさの中にあって、桃子の寝顔はとてもきよらかで、聖なるもののように映った。

…………感じる。

自分自身の心が、透きとおっていくのを感じる。

きっと俺は今、自分の命よりも大切なものをみつけたんだ。

自分以外のもののために、命を犠牲にしてもいいと――

心から思ったんだ。

さっき、桃子が目を開ける前、一通のメールが届いていた。

それは漫研で知り合った藤崎《ふじさき》からのメール。

い、い、日曜日に美凪の中華街まで付き合ってほしい――という内容だった。

五月十一日、美凪。

俺はきっと、そこで死ぬ。

4.

今日の空のように晴れやかだった。

心が、穏やかだった。

あつくも、つめたくもなく、ちょうどよかった。

その瞬間を怖いと思う気持ちは、どこかにあったけれど。

それ以上の奇妙な満足感が、胸を包んでいた。

藤崎には『急用ができた』とメールを入れた。

二回目の断りだったので、ちょっと申し訳なかったけど。

この前の予知も、藤崎から執事《しつじ》喫茶に誘われたことが関係していた。

断りつつ、予知を元に『あそこの道は通らない方がいい』と忠告をした。

そしたら、そこで衝突事故が起こって。

俺は彼女から「霊感のある神秘的な人」としてリスペクトされるようになってしまった。

今回も、そんな感じで断ったから、ますます誤解が加速してしまうかもしれない。

けど、かまわない。もう死ぬんだから。

俺は――美凪に着いた。

まず、中華街。
「関帝軒……あった」
事前に交わしたメールで、俺が今日取る行動は、かなり決まっていた。
最初に、ここでランチを食べる。
料理が運ばれてきたとき、ふと気づいた。
これが俺の『人生最後の食事』なんだって。
ネットで、死刑囚が執行前にリクエストした料理一覧を見たことがある。
意外にも、ほとんどが質素なものだった。
一番なじみの料理なのかもしれないし、もはや食欲なんて湧かないのかもしれない。
俺はというと……
とてもおいしく食べられた。
ひとつひとつの味が、かつてないほどはっきり感じられて、深く味わえた。
ものを食べるって、こんなに充実することなんだ、と思った。
最後の食事。
とても、よかった。

次に、ショッピングモールに向かった。

藤崎からのメールとは別に、海外にいるお袋からもメールが届いていた。

ここに出ている老舗和菓子屋の最中《もなか》を送ってほしい、と。

なぜか強烈に食べたくなったのだそうだ。

藤崎とお袋のメールによって、今日一日の行動が確定的にイメージできていた。間違いない。

それをなぞれば、俺は事故に遭って、ちゃんと死ぬ。

スクランブルの交差点を渡る。

――ここで轢《ひ》かれるのだろうか。

工事中のビルがあった。

――何かが落ちてくるのだろうか。

人混みを歩いた。

――通り魔だったりするのか？

そんなことを考えながら。

そのたび、恐怖よりも、石のようにずっしりと据わった自分の勇気を感じた。

自分の子供や、国や、信仰のために命を捧げる。

そんな気持ちを理解できずにきた。
すごいと思いつつも、共感はできなかった。
でも、きっと……
今の、こんな気持ちなんだと思う。
最中を五箱買った。
海外には送れなかったので、家に配送手続きを取った。
これから死ぬ俺が持ち歩くわけにはいかない。
藤崎が一緒でも、荷物を増やしたくないから同じことをしたと思う。
伝票を書きながら、これは俺が死んだあとに届くんだな、と奇妙な感覚になった。

——ああ、あったんだっけ。
海浜公園があった。
今日もし、藤崎と行動していたら、きっと寄っていっただろう。
あの辺のベンチで座ろっか、とか言ってたはずだ。
向かおうとしたとき——わきにあるコンビニが目に入った。
……コンビニで買い物を済ませ、ベンチに座る。

飛行機の音が聞こえる。
子供たちの声が聞こえる。
芝生や木の葉が、つややかに青い。
紅と白のツツジが咲き始めている。
ひとつひとつの音や色が、はっきりとした輪郭で意識にしみとおってくる。
コンビニの袋を開ける、感触さえも。
中から、便せんとボールペンを取り出した。
――遺書。
本来、だべっていたであろう、この時間を使って。
遺書を書こうと思った。
最初は、桃子へ宛てたものを。
カチリ。と芯を出す。
『桃子へ』
それから俺は、ほんの少しだけ考えて――最初の言葉を綴った。

『ありがとう』

『昔からお前には、世話になりっぱなしだったな。

メシ作ってもらったり、毎朝起こしてもらったり、
咲耶《さくや》の面倒見てもらったり、俺の面倒見てもらったり……

ありがとうが、たくさんある。

お前が幼なじみで隣の家に生まれてくれたことが、俺にとって一番の幸運だったと思う。

平凡な俺の人生の中で、唯一、他人うらやましがられるキラキラしたものだったと思う。

ありがとう』

文字の一つ一つを、書き込むごと……

自分が死んでいくんだな、という実感が降り積もる。

心が澄み渡っていく。

純粋になっていく。


『……あと、もうひとつ言いたいことがあった。

俺も、お前のことが好きだ。

お前が倒れて、このままじゃどうしようもないってわかったとき。
ほんと、嘘みたいにあっさり、死のうって思えた。
お前の命が、自分の命よりも大事だって思ったんだ。
それに気づいて……
ああ、俺は桃子のことが好きなんだって。
こんなにも好きで……
愛してるんだって。
わかったんだ。
……けど、俺は死んでしまったわけだから。
お前はいつか、別の人と会って、その人と幸せになってほしい。
それは俺の気持ちだから。覚えておいてくれ。
……本当は、そう思うなら、好きだとか書かなきゃよかったんだけど。
そこまでは抑えられなかった。ごめんな。
咲耶のことを頼む。
じゃあな。
ありがとう。
愛してる。
』

急に降ってきた。

遺書をジーンズの後ろポケットに入れ、立ち上がった。

――どこかで雨宿り。

コンビニに向かおうとする。

待て。

コンビニが目についたのは、遺書のための便箋と封筒を買おうと思ったからだ。本来の行動じゃない。

なら――ショップモールだ。

雨の中、走った。

……いつなんだろう。

早く――死なせてくれ。

モールに入った。

ここから、どうする？　藤崎を連れていたとして、俺はどうする？

――八階に、憩いのスペースがなかったか？

書店もあったはず。――あそこだ。

そのとき、落雷が響く。

まわりの客も反応している中、俺はエスカレーターに乗り、昇っていく。

……さあ、どうなる。
俺はどこで、どうやって死ぬ……？
ガラスの壁から見下ろせる道路に、パトカーが走っていく。
昇っていくごと見渡せるようになる、濡れた街。
その一カ所に、赤いランプが集中していく。
遊園地の入口だった。
刹那《せつな》。
はっとなった。
――まさか。
スマホでつぶやきを検索する。
『落雷』『一人死亡』『生きてるらしい』『救急隊員が来た』
……………あれか？
俺が遭っていた事故は、あの遊園地での落雷だったんじゃないか……？
――だったら、なんで俺は、助かったんだ………？
逃れられない運命では、ないのか？
それとも。
……回避する条件を、知らないうちに満たしていたのか？

5.

一週間、家に帰らなかった。
美凪だけじゃなく、あちこちのネットカフェを転々としていた。
咲耶には、時々メールで無事を連絡しつつ。
なぜこんなことをしているかというと——確かめたいことがあったからだ。
俺の導き出した……
真の『答え』を。
今日は、日曜日の夜。
俺は最後の確認をするべく、スマホの電源を入れた。
四日前から、桃子のメールや着信が頻繁に届くようになっていた。
症状が落ち着いたんだろう。よかった。
その桃子に、久しぶりに電話する。
『春彦っ⁉』
八日ぶりに声を聞いた瞬間——……
胸いっぱいに、あたたかいものが染みわたった。

「うるせーな」

泣きそうになるのを悟られないよう、言う。

「元気か？」

『う……うん。春彦こそ無事なの？　あんた、なんで――』

「咲耶に連絡入れてただろ」

『今どこにいるの？　あんたなんで帰ってこないのよ……？』

「確かめたいことがあってな」

『確かめたいこと……？』

「桃子。……《新しい予知》は入ってきたか？」

『ううん、入ってきてない』


今、最後の確認が終わった。


「……なあ桃子。俺、わかったぞ」

『え？』

「解決策」

桃子は一瞬黙り込み、

『……ほんと？』

「ああ」

俺が事故に遭って、桃子が巻き込まれる……その因果から逃れられる解決策をみつけた。

『……なん、だったの……？』

「それはな」

俺は淡々と、言葉を置いた。


「【俺たちが離ればなれになること】だ」


考えてみれば——至極《しごく》、単純なことだった。

「桃子は俺が今、どこにいるか知らないだろ？」

『……』

「ずっと会ってない。隣の家じゃなく、わからない別々の場所で暮らしている。接点がない。つながってない」

そう。

「なら——起こりようがない」

『……っ』

俺の死が単独だと思っていたのは、間違いだった。

桃子が巻き込まれるところまで、セットだったんだ。

「『俺と桃子がそばにいること』が。『家が隣で毎日一緒にいること』が。『幼なじみであること』が――因果の発生する原因なんだ」

『そんなのまだわかんな――』

「現になくなっただろ、予知」

桃子の言葉が止まった。

「だから、離れればなれになることが――回避する唯一の方法なんだ」

『……………………』

なんてことだろう、って思う。

なんで俺たちなんだって。

何か悪いことしたのかって……。

理不尽な世界を、どこまでも呪いたくなる。

……なあ桃子?

『……違う』

桃子の低く、小さい声。

『それ、ちがう』

俺はスマホから耳を離した。耐えられなかった。
マイクに口だけ近づけて……
「――じゃあな、桃子」
『待って‼ 春彦、実はあたし一つ心当たりが――』
切った。
すぐさま、電源をオフにする。
「…………………………………………………………」
虚脱感が襲う。
これから、どうしたらいい。
どこで暮らしたらいい。
親に相談か。
どう説明する？
「…………」
やめよう。今日はもう何も考えたくない。
なんかもう……どうでもいい。
ネカフェにでも行こう。
どうでもいいことで、頭を埋めてしまいたい――。

「……ふわぁあっ？」

「！　えっ」

背中におもいきり乗りかかられ、バランスを失う。倒れた。

ぐにぬぅっ
女性のやわらかい肉が、背中でお餅のようにつぶれた。

重ッ⁉

「ふにゃああっ……ごめんなひゃい」

酒くさ！

あとアニメ声！

「い、いえ……大丈夫ッスか？」

「ひゃいぃ」

のしかかったまま、一向に動こうとしない。

やわらかくて気持ちい――じゃない。

「あの、すいません」

俺はゆっくり反転して、女性を起き上がらせようとした。

むにゅうっ
手が、おっぱいに埋もれた。

「――――――～～～ッ!!」

「……にゅ」

だが、酔っ払ってるせいか、まったく気にする様子がない。

……でけえ。

マンガみたいな爆乳だ。こんな人、ほんとにいるんだな……。

あわてて手を離しつつも、感触をしっかり脳髄に焼きつけた。

「立てますか？　立ちますよ？」

たぶん、大学生だ。

黒い髪がぼさぼさに乱れている。黒ブチ眼鏡、地味めの顔立ち。厚ぼったい唇が、グロスでぬらぬら光ってる。

いかにもコンパ帰りみたいなノリノリの服装なんだが、なんていうか……

普段は着てないんだろうなっていう「慣れてない感」があった。

「ごめんなひゃい……ごめんなひゃい……」

「大丈夫ですから。――ほら」

肩を貸して、立ち上がらせる。

でかい。

身長も、俺と同じくらいありそうだった。

あと、デブまでは行かないけど、なんというか……だらしない体型だった。

「……ふうぅ……」

そのムチムチした肉が吸い付いてきて、なんか……ヤバい。

「あ、あそこにベンチありますから。座りましょう」

彼女がまともに動けない状態だと判断し、肩を貸しつつ歩いていく。

そのとき、耳にかすかな息がかかる。

「……やさしい」

唇の感触がわかるくらいの近い吐息が、甘い塊になって触れる。

くすぐったくて、ぞくりとなった。

エッチな肉の感触。霞《かすみ》のようなアルコールのにおい。理性がとろけそうになったとき。

「……うっ」

えずく声。

「う……おえッ……！」

差し迫った惨劇《リバース》を告げる響き。

「ちょっ、待って！　トイレあるから！　あそこまで我慢——」

……………エレエレエレエレエレ…………

6.

部屋にお邪魔することになってしまった。

俺のシャツが、ワンルームの玄関近くの洗濯機で、ごうんごうん回っている。

「……う……ひっく……」

女性――沢渡《さわたり》さんの嗚咽《おえつ》が、シャワーに混じって聞こえてくる。

さっきまでずっと、酔っ払うまでの経緯《いきさつ》を聞かされていた。

ようは、失恋だ。

大学のゼミで、優しく接してくれるイケメンがいて、好きになった。

飲み会に誘われて、着たこともないキメキメの武装をしていざ出陣してみると……

彼は眩《まばゆ》いリア充女子にがっつりキープされており、近づくことさえできなかった。

早々に戦意を喪失し、一次会で帰ってきた――というわけだ。

「……う……あうぅっ…………いいもん……三次元なんて、いいもん……」

趣味の近い人なのだった。

「私には、総司《そうじ》がいるもん……」

マンションの壁には、新撰組を題材にした乙女ゲーのポスターがべったり張られている。

……………おかしなことになったな。

俺はクッションに座りながら、ゆさゆさ脚を動かしていた。

ワンルームだからシャワーの音がとても近く、すごく落ち着かない。

気を紛らわすため、反射的にスマホを取り出す。

——おっと。

電源なんか入れたら、桃子が鳴らしまくってくる。

「………………」

桃子との、あまりにそっけない別れ際を思い出す。

………………

……………………………あれ？

ひとつ、おかしなことに気づいた。

自分の出した、因果が発生する『答え』についてだ。

常連客のプログラマーに襲われた事件が終わってから三日間、新たな予知が出なかった。

なんでだ。ずっと桃子のそばにいたのに。

発生原因が『二人がそばにいること』だったら、それまでと同じように、すぐに新たな予知が入ってきてたはず……

‼　いやいや、待て⁉

そもそも、あのプログラマーの事件は法則とは無関係だった！

なら、あの期間も含めてずっと《俺が事故に遭って、桃子が巻き込まれる》因果が発生してなかったことになる‼

……どういうことだ。

ひょっとして……俺の出した『答え』が、間違っていた？

ガチャッ。

「……ふぃぃぃ～……」

沢渡さんが出てきた。

全裸で。

「――――ッ⁉」

ぜんぶ、見えた。

冗談みたいに大きなおっぱいも、その下も……。

「ふぇ？　――あっ」

あわてて引っ込む。

「そうだった、桜木《さくらぎ》くんいるんだったぁ。ごめんね～？」

まだ酔っているせいか、ガードの緩さがにじんでいる。

「い、いえっ、すいません！」

……頬が熱い。

下半身が、ムズムズしだす。

お、落ち着け！　相対性理論について考えるんだ‼

「桜木くん」

「はいっ⁉」

「タオル取ってくれる？」

「は、はいっ！　どこですか？」

「鏡台の横にない？」

立ち上がり、鏡台に向かう。

ふに。何か布きれを踏んだ。

パンツだった。

——縞《しま》パン⁉

改めてまわりを見ると……靴下とか、安物のタンクトップとかが、洗濯しないまま脱ぎ散らかされていた。

「…………」

恐るべし、女子の独り暮らし。きちんとした桃子の部屋とは、何もかもが違う。

「……ど、どうぞ、タオル」

「ありがとう」

浴室から顔を背《そむ》けながら、差し出す。

「ごめんね……いろいろ迷惑かけちゃった」

「い、いえ……」

タオルで体を拭く、かすかな音。

「あの、元気出して下さい」

「うん。……やさしいね」

「は、『白狼記』好きなんですか？」

「えっ？」

「俺も、オタなんで」

「へぇ！　そうなんだあ‼」

別人みたいにイキイキした声。

「そっかそっかぁ！　じゃあいろいろ語っちゃおうよ～！　待ってて！」

「は、はい」

俺は、元の位置に座る。

……な、なんか落ち着かないな。

また、スマホを取り出してしまった。

それで――さっきのことを思い出す。

俺の出した『答え』が、間違っていた可能性。

……そういえば。

切る直前、桃子が何か言ってなかったか？

「……………」

スマホの電源を、入れた。

溜まりに溜まった不在着信通知と、未開封メール。

ほとんどが桃子からのものだ。

メールの受信トレイを表示させた。


『　**原因がわかった!!**　』


目に飛び込んできた、件名。

桃子からの、一番新しいメール。二十分くらい前だ。

そのとき、着信。

【桃子】

「……………」

俺は、ほんの少し考えたあと――出た。

「……桃子？」

『…………』

……？

「もしもし？」

『……今度は、大学生のお姉さん？』

「……は？」

『よくもまあ、次から次へと……』

「なに言ってんだよ？」

『あんた、ぽっちゃり系好きだったのね』

「へ？」

『背があんたと同じくらい高くて、黒ブチの眼鏡かけてて、おとなしめの感じで、胸がすごく大きい』

「!?　見てたのか……!?」

『あ――もう会ってるんだ？　そっかそっか。なるほどねー』

……え？

『《予知》よ』

桃子が言う。

『あんたが電話を切ってすぐ、新しい予知が入ってきたの』

「あ……なるほど」

その予知の中に、沢渡さんが出てきたわけか。

納得したとき、俺は新たな疑問に思い当たる。また予知が出てきたっていうのに、なぜ桃子は平気そうなんだ。

——そうだ。

「……お前、メールで『原因がわかった』って」

『ええ、そう』

桃子の声の調子は、俺と明らかに違った。

なんというか……先に問題を解き終えた人、という感じだった。

『因果の発生する条件が、はっきりわかったわ』

「……マジか？」

『ごめんね、春彦』

「え？」

『あたし——あんたに一つ、黙ってたことがある』

7.

俺は、一週間ぶりに部屋に帰ってきた。

正座である。向かいの桃子からにじむオーラが、俺を自然とそうさせた。

「……バカ」

桃子の拗《す》ねた声。真夜中の部屋に、気まずいようなくすぐったいような気配が漂う。

「……原因が、わかったのか？」

俺は耐えきれず、本題を切り出した。

「うん。間違いないと思う」

桃子は確信を持っているようだ。

「……電話で『黙ってたことがある』って言ってたよな。それと関係してるのか？」

うなずく。

「法則、あるでしょ。――――『休日に』『地元から離れた繁華街で』『春彦が事故に遭い』『あたしが巻き込まれる』」

「ああ」

「……実は、もう一つあるの」

「え？」

「春彦には言ってなかった、もう一つの共通項」

頭を殴られた錯覚がした。

なんだ。なんだよそれ。

「なんで黙ってたんだよ……？」

桃子は、目を伏せたまま答えない。

「桃子」

俺の声は、少し苛立《いらだ》っている。

桃子はなぜか頬を赤らめながら、ようやく唇を動かした。

「…………あんたが、デートしてたこと」

「……え？」

「もう一つの共通項は………『春彦《あんた》が他の女の子とデートしてたこと』よ」

…………は？

「俺が……女の子とデートしてた？」

「そう。今まであった《予知》の、全部で」

桃子の目には責めるようなニュアンスがある。でも、俺にはまったく心当たりがない。

……いや、たしかに直近の二回は、藤崎に誘われたときだ。デートと言えばデートだ。

『休日』の『地元から離れた繁華街』という共通項も、説明できるかもしれない。

「でも待てよ。最初と二回目の時は全然そんなのなかっただろ。思い当たる相手もいない」

「…………だから、行動変えたでしょ」

「……へ？」

桃子は自棄《やけ》になったように、

「そういう出来事が起きないように、本来と違う行動取ったでしょっ!!」

――――。


『ま、待って。……もっと慎重になった方がいいと思う』

『……そうだな。普段の行動とか、いろいろ変えた方がいいのかもしれない』


あれのことか……？

「……先月の十日。行動を変え始めた、最初の日」

桃子が、これまでの真相を語り始める。

「あんたは本来、登校中の桜参道で財布を拾ったの。それは水無瀬《みなせ》さんの財布で」

クラスの女子だ。清楚《せいそ》で超性格いい。

「届けたあんたはすごく感謝されるの。で、そのお礼にあんたは、水無瀬さんにお昼を奢ってもらう。その放課後、あたしがあんたを小河屋《店》に誘う。そしたら——水無瀬さんが偶然客として来て、あんたと話すの。……それから、どんどんいい感じになっていって……」

　桃子は一呼吸置いて、

「日曜日、美凪でデートするのよ」

「………マジで？」

　いや、睨まないでください。

「だから……違う道を通って、あんたが水無瀬さんの財布を拾わないようにしたの」

『登校の道だって、変えるに越したことはないわ。あれ。バタフライ……なんとか』

『バタフライエフェクトな』

　ちなみに、水無瀬さんの財布は友達に拾ってもらったわ。桃子がそう付け加えた。

「デートに行って、あんたは事故に遭う。……だからあたしは、その全部の行動を避けた」

　桃子が言う。

「サイフを拾う最初のきっかけを防げば、その先は関係ないとも思ったけど……怖かったし」

「………」

つまり、こういうことか。

【本来のルート】

桜参道で水無瀬さんの財布を拾う↓　届けたお礼に昼をおごってもらう↓　小河屋に偶然客として来る↓　次の日から俺と水無瀬さんが仲良くなる↓　デート↓　事故死

【桃子が変えた行動】

裏道を通る↓屋上で昼食↓店には行かず観光地めぐり↓翌日は学校を休んで海へ

なんで桃子がこんな行動を取ったのか……それを今さら聞くのは、あれだろう。

「じゃあ、二回目のやつは？　アニメショップのガス事件」

こっちは本当にわからなかった。

「あれのどこにデート要素があんだよ？　元々行こうと思ってたし」

「……あんた、生徒会長と一緒に行くのよ」

「タケミカヅチと⁉」

「真智《まち》くんが、ノートのコピー取らせてくれって頼んできたでしょ？」

『春彦、世界史のノート貸してくんね？』

「本来、あんたも一緒に行ってたの。それで真智くん、コピー代ケチって生徒会室のコピー機使おうって」

……なんてさもしい奴。

「それが会長に見つかって怒られるの。そのとき、会長が隠れオタクだってわかるみたい」

桃子が、じとっと睨んでくる。

「……それから、どんどんいい感じになっていって」

なるほど。だから……

『あたしのノート、貸してあげる。あと、二十円あげる。コピー代に使って』

「……ってわけだ」

「そ。ちなみに、あとの行動はてきとう。あたしがいつも一緒にいれば、そういう流れにはならないって思ったから」

『引き続き、できるだけ一緒にいるようにして。勝手な行動しないで』

……なるほど。

「一回目は水無瀬さん。二回目は生徒会長《タケミカヅチ》。直近の藤崎のと合わせて、全部がデート——」

「あと、沢渡さんとも本来そうなってたからね」

「……はい」

……なんだろう、この、針山に座らされてる感じ。

毎回違う女子とデートしている、という本来なら異常なシチュエーションも、俺はわりあい自然に受け入れていた。なぜなら、フラグ体質になった自覚があるからだ。

本当に佐保姫《さほひめ》様が、俺に素敵な恋人を作ろうとしてくれているのかもしれない、なんて。

それはともかく。

「つまり、こういうことか」

俺は起こっていることを整理した。

「法則に当てはまる予知の全部で、俺は女の子とデートをする。そしてそこに**偶然、お前が居合わせて**巻き込まれる——と」

「…………」

「なるほど……《因果》としか言いようのない強制力だ」

事の深刻さに俺が唸《うな》っていると…………桃子の様子がおかしい。

露骨に目を逸《そ》らしている。

「？　どうした？」

「…………偶然じゃない」

「え？」

「………………けてた」

「は？　もっとはっきり言――」

「尾行《つ》けてたの‼」

…………は？

「あんたがデートに行くとき、あたしはいっつも後をつけてたのっ‼」

桃子が顔を真っ赤にしながらカミングアウトする。

「あんたが水無瀬さんとデートの約束して！　当日あたしが後をつけて！　そしたらビルから何か落ちてきて、とっさにあんたをかばって！　それで死んだの‼」

「………マジ？」

「ええマジよ‼」

桃子はなんだか、やけくそだった。

「二回目もそう！　あんたが会長とイベント行く約束して！　当日後をつけて！　ガス事

水無瀬さん
【デートの約束】
タケミカヅチ
【デートの約束】
【桃子がスネーク】
【桃子がスネーク】
【事故】
【ガス事故】
【死】
【死】

故に巻き込まれて死んだの‼　――――**全部そうよ‼**」

「なんで黙ってたんだよ、こんな大事なこと」

「い、言えるわけないでしょ⁉」

「そんな場合じゃねーだろ⁉」

「うるさいっ！　あたしだってまさか、あんたのデ、ー、ト、が、原、因、だ、っ、たなんて思わなかったんだから！」

……え？

「今、俺のデートが《原因》って？」

「そうよ！　この因果が起こる原因、すべての元凶は――――『**春彦**《あんた》**が、桃子**《あたし》**以外の女の子とデートすること**』よ！」

…………

…………………………は？

「お前……なに言ってんの？」

「あんたこそ。デート行くたび事故に遭うなんて、普通あると思う？」

「…………」

「あんたが普段どおり過ごしてるときは何も起きない。そして、あたしとアキバに行ったときも、何も起きなかった。あたし以外の子とデートしたときにだけ、必ず事故に遭うの」

桃子は真面目な顔つきになり、

「あんたも言ってたでしょ？　そんな偶然……ありえないのよ」

…………。

「四回目の予知から『もしかして』とは思い始めたけど……最後の五回目なんかすごいわよ」

「……何が？」

「舞台は、京都」

「京都⁉」

「あんたと沢渡さんは、京都でデートして、事故に遭う」

なんで京都……あ、新撰組か？　白狼記の。

「お前は？」

「偶然見かけて、後をつけた。……それからは、いつもどおりよ」

「なんで京都に……？」

「自分でも、わかんない。気がついたら来てた……って感じ」

そんなことが、あり得るのだろうか。

「……つまり、『お前が巻き込まれる』ところまで、因果による強制ってことか」

「え？　あ……そっか……そうなるわね……」

「気づいてなかったのかよ」

「あんたのことしか頭になかったのよ」

……さらっとそんなこと言うな。

「とにかく、さすがに確信してね。メールしたってわけ」

「…………」

桃子の『答え』を検討してみる。

そうすると――

俺の『答え』で残ってしまった『あの疑問』が、解けた。

法則に当てはまる予知が、ぱったりなくなった時期があった。

《因果》が発生していなかった時期があった。

あれは、なぜか？

それは……あのときの自分の気持ちを思い出すと、わかる。

桃子のことを意識するようになっていたから。

異性として……好きになりはじめていたからだ。

だから、他の子とのデートは起こり得なかった。

桃子が気になってるから。

そして、《因果》が再発したのはなぜか？

……桃子との関係が変わってしまうのが、怖くなったからだ。
『桃子を避けたい』――そういう気持ちになったからだ。
そして白兎《はくと》と漫研に行き、藤崎と仲良くなった、まさにあのとき――
因果が再発し、桃子がそれを受信《予知》。電話をかけてきた。
そして今回のケースは……桃子と二度と会わないって決意した。
もうどうでもいいって、自棄《やけ》になった。
そして俺のフラグ体質が、沢渡さんとの出会いを運命づけた。
死の因果が発生した。
――間違いない。
桃子以外の女の子とデートすること。
そうなっていく道筋が、運命として確定すること。
言い方を変えれば……『フラグ条件が整うこと』。
桃子以外のフラグが発生すること。
それが俺の、死のフラグだったのだ――。

って、

「なんだそりゃああ!?」

じゃあ、アレか⁉

「因果を回避する方法は！　**お前とくっつくか！　一生童貞‼**」

なんでだ⁉　いつのまにこんなことになっちまったんだ⁉

どの時点で、俺はこんな運命の袋小路に迷い込んでしまったんだ……⁉

「お前、何してくれてんだよ⁉」

「しっ、知らないわよ！　あたしのせいじゃないでしょ⁉」

「いーや絶対、お前のせいだ！　予知能力とか目覚めてるし、お前の変な能力だ‼」

「あたしの予知がなかったら死んでたでしょ⁉」

ドン！

咲耶の壁ドンきた。……あいつ、いたのか。

俺たちは黙り込む。

座る体勢を変えると、ジーンズの後ろポケットに違和感があった。何かが入ってる。

取り出したそれは——二つに折った、白い封筒。

——ああ、そうか。

あのとき書いた、遺書だ。

広げてみる。一週間ですっかりフニャフニャになっていた。

桃子に奪われた。

「『遺書』って……何よこれ⁉」

「いや、違うって」

俺は、事情を説明した。

「……だから、無駄になったやつっっつーか」

「……。読んでいい？」

「いーけどさ」

俺は、なんとなく言った。

桃子が、封筒から便せんを取り出した瞬間。

――――書いた内容を思い出した。

ヤバい。ヤバいッッ‼

「やっぱナシ‼」

「きゃっ⁉」

「返せ！　いや返してください‼」

桃子が背中を向けてガードする。

「おまっ⁉」

「ぜったい読む！」

『お前が幼なじみで、隣の家に生まれてくれたことが、俺にとって一番の幸運だったと思う』

『こんなにも好きで……愛してるんだって。』

あんなの読まれたら——最悪の事件になる‼

「えっと……『桃子へ』。——へぇぇ」

「やめろおおおおおおおおおおおおおおおおおおおおお‼」

ドンッッ‼

壁ドン再び。

「…………」

「ふふん」

桃子がベッドに避難し、遺書を読み始める。

「『ありがとう』」

音読かよ⁉

「『お前が幼なじみで、隣の家に生まれてくれたことが……」

…………声が、止《や》んだ。

文字を追う瞳だけが、ゆっくりゆっくりと、動くようになった。
「…………」
俺は観念して、壁に背をもたれさせた。
……まあ、ある意味、手間が省《はぶ》けるってもんだ。
それは、俺が命懸《が》けで書いた……
お前への、ラブレターだからな。
「…………………」
桃子の瞳が、濡れて光る。
涙がぽたりぽたり、と絨毯に染みを作り。
しゃくりあげ。顔をくしゃくしゃにして。
「…………………ぅぁあああああああああぁぁ…………………」
号泣した。
――あーあ。泣くなよ。
桃子の気持ちは知っていて。
だからこれは、嬉し泣きだってわかって。
自分が好意を伝えることで、相手が喜んでくれるっていうのは……
なんて――――……幸せなことなんだろうって思った。

「ほら」

ティッシュを取って、涙をぬぐってやる。

「……………う…………っ……」

こいつが、いとおしかった。

どこまでも優しくなれる気がした。

桃子が抱きついてきた。

体が、小さな子供みたいに熱くなっていた。

その熱と、泣いてる湿気と、俺を好きだという想いがじんわりとしみこんでくるのを感じて……

俺の中にも、じんわりとあたたかな太陽がうまれる。

ふたつのぬくもりが、融《と》けた朱《あか》いガラスのようにゆっくりと動いて、かよいあう。

…………ああ、俺。

ほんとにこいつのこと、好きになっちまったんだなぁ。

「……ばか」

「なんだよ」

「ふふ」

「あんた、あたしのこと好きなの？」

「……書いてただろ」

「そうだけど……直接、言ってほしい」

桃子が、まっすぐ見上げてくる。

お菓子をねだる幼子《おさなご》のような、輝く瞳で。

なんとか視線をはぐらかそうとしたけど、無理で――

「……好きだ」

言わざるを得なかった。

「俺はお前が好きだぞ、桃子」

眩いものを見たかのように、桃子が目を細める。

その端から一滴の涙をこぼしながら……

ごく自然に、俺に口づけした。

頭の奥に一瞬、光がまたたいて。

桃子の唇のふんわりしたやわらかさを、とても幸せなものとして受け取った。

エピローグ

何か、予感がして目が覚めた。
カーテンのすき間から、夜明けの青が差している。
その、ほんのわずかだけ見える窓の外に……紅い光が、かすめた気がした。
隣で寝てる桃子《ももこ》を起こさないように、静かにベッドを降りる。
カーテンを開けると……

星が降っていた。

夜明けの住宅街に、ちいさな紅い星がきらきらと降っていた。
いや、それは「舞う」という表現がふさわしい。

ひらひら揺れながら、薄く儚《はかな》いもののように。

屋根に、電柱に、ゴミ集積所の上にも、ひとしく降っているのだった。

窓を開けた。

星は、花びらだった。

紅い光を纏《まと》う、桜の花びらだった。

俺はまた、町を見る。

神宮の方向の空が、ぼんやり紅く染まっている。

その紅い光が、溶けるように薄く広がって……

その欠片が、ここまで届いているのだった。

……佐保姫様が、散ったのか？

五月に入ってもまったく散る気配のなかった、あの桜の神木が……

とうとう、散ったのだ。

「わあ……きれい」

桃子が、俺に寄り添う。

「佐保姫《さほひめ》様、散ったみたいだ」

「うん」

「なんでだろうな。いや、桜なんだし、とっくに散っててもいいんだけど……」

「ばかねぇ。わかんないの？」

「え？」

「伝説が成就《じょうじゅ》したからじゃない」

「…………」

「『新学年の初日、《佐保姫様》を咲かせられた生徒には必ず素敵な恋人ができる』

寝起きの、少しかすれた声でそらんじる。

「叶《かな》ったでしょ？」

「お前……」

「なんてね」

桃子がくすりと笑う。

俺は、そんな顔を眺めつつ……


かもな。


「なに？」

「なんでもねーよ」

「うれしいこと言おうとしなかった？」

「桃子は、背中が感じるんだなって」

「ちょっ⁉」

「痛え！　わき腹どつくのは痛えって！」

「ったく……。あんた、肝《きも》に銘《めい》じときなさいよ」

「何を？」

「あたし以外に浮気したら、あんた死ぬんだからね？」

「…………………はい」

「よろしい」

さっきよりもいくぶん闇の薄れた町に、桜の花が降り続ける。

花蒔《はなまき》、という地名そのままに。

この町を、人々を包み、祝福しているようだった。

俺は、隣にいる存在のあたたかさを感じながら…………

その祝福に、たくさん感謝したくなった。

END

あとがき

はじめまして、七月隆文《ななつきたかふみ》です。ご存じの方は、お久しぶりです。

ところで、宝島社の打ち合わせスペースって変わってるんですよ。

ひとつの大部屋に、テーブルがずらっと並んでるんです。理科室ぐらいの間隔で、衝立とか一切なしに。隣の打ち合わせとか、丸見えですよ。

いろんな出版社を見てきましたが、なかなか斬新でした。最初は「これ大丈夫か？」と緊張しましたが、慣れると案外平気です。

そうそう、『さくらコンタクト』いかがでしたか？

あ、そういやさっき羽生結弦《はにゅうゆづる》選手が金メダル獲りました。これ言ったら書いてるタイミングもろバレですね！　羽生選手いいですよね。カワイイですよね。新たな扉開いちゃいますよね。

何の話でしたっけ？

そうそう、**打ち合わせスペース！**

ほとんどがファッション誌の打ち合わせです。化粧品のサンプルとかが机に並んでたり。

自販機スペースに行った日日日《あきら》さんがモデルさんたちによる業界話を耳にしたり、刺激的なことでいっぱいです。

ああ、日日日さんが来月に、この作品の別ヒロインルートを出します。『ｒｏｕｔｅ Ｂ 真智《まち》ありす』っていうやつ。

春彦《はるひこ》には、昔一緒に遊んだ巫女《みこ》のお姉さんがいた！ というお話です。日日日さん曰く「がんばって王道のギャルゲ話を書いたよ」とのこと。楽しみですね！

そもそも、なんで私と日日日さんが一緒にシェアワールドなんてやったのかとか、そのあたりの詳しい話は文庫公式サイトにインタビューの形で載っているはずなので、興味のある方は見てね！


謝辞！

本当に感動するくらい素晴らしいイラストを描いて下さった、三嶋《みしま》くろね様。

それを素敵に飾って下さった、團夢見《だんゆみ》さま。

取材に協力してくれた友人の上田、彼の店『アクイラ・ウォランス』のスタッフ皆様。

担当さま並び、この本の出版にお力添え頂いた宝島社の皆様。

ありがとうございました。

一冊完結の話はなかなか書けないので、楽しかったです。

みなさんにも楽しんでもらえたなら幸いです。

記録的な雪の日　　七月　隆文

あとがき。
Momoko END♥
桃子のような
幼なじみがほしい。
…と思いながら
描いてました。
2014.3

七月隆文 × 日日日
Nanatsuki Takafumi Akira

イラスト：三嶋くろね

シェアワールド・ラブコメ企画
「さくらコンタクト」

あらすじ

高校生・桜木春彦は今日も幼なじみの桃子に起こされる。
「お前カーチャンみたいだな」「誰がカーチャンよ!?」
新学期——春彦は、桃子とひきこもり妹咲耶との登校途中、
花蒔《はなまき》町に伝わる《桜の伝説》を成就させ、
その御利益でモテモテのフラグ体質になってしまう!

route A 小河桃子

直後、桃子が《未来予知》という中二能力に覚醒し、春彦のギャルゲ物語をジャンルごと終了させてしまう!『庶民サンプル』七月隆文が贈るフラグ乱立ラブコメ! 衝撃の展開《ヤマ》と結末《オチ》に刮目せよ!

route B 真智ありす

しかし、その力を狙って凍てつく異界の住人《ブル・フル》が春彦を襲う。そんな春彦のもとに巫女を名乗る少女・真智ありすが現れ、春彦を救うため巫術を行使するが……。『ささみさん@がんばらない』の日日日が贈る、王道ストーリー(!?)開幕!

このラノ文庫公式サイト特設ページにて、
七月隆文×日日日スペシャル対談公開!

商品情報

さくらコンタクト
route A 小河桃子
定価648円+税
ISBN:978-4-8002-2322-7

さくらコンタクト
route B 真智ありす **4月10日(木)発売予定**
定価650円+税
ISBN:978-4-8002-2474-3

本書に対するご意見、
ご感想をお待ちしております。

| あて先 |

〒102-8388　東京都千代田区一番町25番地
株式会社 宝島社　編集局 第8編集部
このライトノベルがすごい! 文庫 編集部
「七月隆文先生」係
「三嶋くろね先生」係

このライトノベルがすごい!文庫 Website
［PC］http://konorano.jp/bunko/
編集部ブログ
［PC&携帯］ http://blog.konorano.jp/

KL!
このライトノベルがすごい!文庫

さくらコンタクト
route A 小河桃子
（さくらこんたくと　るーと えー　おがわももこ）

2014年3月24日　第1刷発行

著　者　七月隆文《ななつきたかふみ》

発行人　蓮見清一
発行所　株式会社 宝島社
〒102-8388　東京都千代田区一番町25番地
電話：営業 03(3234)4621 / 編集 03(3239)0599
http://tkj.jp
振替：00170-1-170829 (株)宝島社

印刷・製本　株式会社廣済堂

ISBN978-4-8002-2322-7

第4回
『このライトノベルがすごい!』大賞
第4回
『このライトノベル
がすごい!』大賞
大賞
5人の先輩(全員美少女)と
ぼっち少年が織り成す
ハイパー日常系コメディ!
美少女だけど、どこか変な5人の先輩たちと一緒に人生の勝ち組を目指せ! 演劇部部室で日々展開される、無軌道かつハイテンションな日常系コメディ登場!
セクステット
このラノ文庫
白凪《しらなぎ》学園演劇部の過剰な日常
定価:本体562円+税
長谷川《はせがわ》 也《なりや》 イラスト/皆村春樹《みなむらはるき》
第4回
『このライトノベル
がすごい!』大賞
優秀賞
非モテの呪いで俺の彼女が大変なことに
藤瀬《ふじせ》雅輝《まさてる》
イラスト/荻pote《おぎぽて》
彼女の××が奪われた!?
<呪い>を打ち破って
幸せをつかみとれ
「俺は那須谷繭香が好きだ!」晴れて繭香と恋人同士となった貫平。ところが、学園に伝わる「非モテの呪い」の試練が襲ってきた……。貫平の恋はどうなる!?
定価:本体562円+税
このラノ文庫
宝島社 お求めは書店、インターネットで。

魔法少女育成計画
遠藤《えんどう》浅蜊《あさり》
イラスト／マルイノ
月刊『コンプエース』（角川書店）にてコミック化！
第2回『このライトノベルがすごい!』大賞
栗山千明賞
受賞作家
シリーズ計6点
①＋episodes
restart（前）（後）
limited（前）（後）
このラノ文庫
脱落するのは、一週間に一人。
騙す、出し抜く、殺し合う。
（1巻あらすじ）大人気ソーシャルゲーム『魔法少女育成計画』は、数万人に一人の割合で本物の魔法少女を作り出す奇跡のゲームだった。魔法の力を得て、充実した日々を送る少女たち。しかしある日、運営から「増えすぎた魔法少女を半分に減らす」という通告が届き、16人の魔法少女によるサバイバルレースが幕を開けた……。第2回『このラノ』大賞・栗山千明賞受賞作家の遠藤浅蜊が贈る、マジカルサスペンスバトル！
魔法少女育成計画 limited（後）
遠藤浅蜊
マルイノ
定価：本体630〜657円＋税
このラノ大賞
検索

第1回
『このライトノベルがすごい!』大賞
大賞
受賞作家
このラノ文庫
アニソンの神様
No Anison, No Life
大泉《おおいずみ》 貴《たかし》 イラスト／のん
シリーズ計2点
青い目のアニソン大好き少女が
巻き起こす、爽快バンド物語!
(1巻あらすじ)「はじめまして! エヴァ・ワグナーです。一緒にアニソンバンド、やりませんか?」――アニソン好きが高じて、ドイツから日本へとやってきた少女・エヴァ。彼女の夢は、アニソンの聖地・日本でアニソンバンドを組むこと。今、その夢が動きだす――。1巻は『CHA-LA HEAD-CHA-LA』、『太陽曰く燃えよカオス』などアニソンの定番曲が満載、2巻では「UVERworld」、「B'z」の楽曲も登場。すべてのアニソン好きに贈る、友情物語!
定価：本体619～648円 ＋税
このラノ大賞 検索

このラノ文庫
Cross eden
1〜3
クロス・エデン
吉野《よしの》 匠《たくみ》
イラスト／村《むら》上《かみ》ゆいち
100万部突破シリーズ『レイン』の
吉野匠が贈るサイバーファンタジー
（1巻あらすじ）高性能AIを搭載し、ゲーム中のキャラクターと自然な会話ができると評判のオンラインRPG『クロスエデン』。平凡な高校生である片山浩介も、このゲームにハマったひとりだった。ある時浩介は、隠しイベントで出会った囚われの姫君・セシルに恋をする。ゲームのキャラとはいえ姫を見捨てられない浩介は、救出作戦を立てるのだが……。
定価:（各）本体648円＋税